Celle qui manque

nouvelles

Catalogage avant publication de BAnQ et Bibliothèque et Archives Canada

Allaire, Camille, 1979-
Celle qui manque
ISBN 978-2-89031-681-2
I. Titre.

PS8601.L425C44 2010 C843'.6 C2010-940141-7
PS9601.L425C44 2010

Nous remercions le Conseil des Arts du Canada ainsi que la Société de développement des entreprises culturelles du Québec pour l'aide apportée à notre programme de publication. Nous reconnaissons également l'aide financière du gouvernement du Canada par l'entremise du Programme d'aide au développement de l'industrie de l'édition (PADIÉ) pour nos activités d'édition.
Gouvernement du Québec – Programme de crédit d'impôt pour l'édition de livres – Gestion SODEC.

Mise en pages : Eva Lavergne
Maquette de la couverture : Raymond Martin
Illustration : František Kupka, *Cosmos*, 1911-1912

Distribution :
Canada
Dimedia
539, boul. Lebeau
Saint-Laurent (Québec)
H4N 1S2
Tél. : 514.336.3941
Téléc. : 514.331.3916
general@dimedia.qc.ca

Europe francophone
D.N.M. (Distribution du Nouveau Monde)
30, rue Gay-Lussac
F-75005 Paris
France
Tél. : (01) 43 54 50 24
Téléc. : (01) 43 54 39 15
www.librairieduquebec.fr
Représentant éditorial en France : Fulvio Caccia

Dépôt légal : BAnQ et B.A.C., 1er trimestre 2010
Imprimé au Canada

Les Éditions Triptyque
2200, rue Marie-Anne Est
Montréal (Québec), H2H 1N1, Canada
Téléphone : 514.597.1666
Adresse électronique : triptyque@editiontriptyque.com
Site Internet : www.triptyque.qc.ca

Camille Allaire

Celle qui manque

nouvelles

Triptyque

Celle qui manque

Il y a toujours quelque chose d'absent
qui me tourmente

Camille Claudel

J'étais assise sur le tapis usé du salon, et tu t'affairais dans ton atelier. Nous écoutions la voix de Joni Mitchell. Près de moi, les crayons de bois roulaient sous les feuilles de papier. Je n'aimais pas ce papier que tu rapportais du bureau. Il avait été utilisé d'un côté et ne me donnait pas – contrairement au papier neuf, tout blanc – la puissante sensation d'être la première à m'inscrire dans l'univers. Aussi, j'alternais entre l'effilochage des brins de laine emmêlés qui bordaient le tapis et le dessin de quelque arbre, d'une maison à une seule fenêtre ou d'un cauchemar récurrent que tu m'avais suggéré de représenter pour m'en débarrasser – parce que s'il est dans ton dessin, il n'est plus dans ta tête, Marie-Jeanne.

*

Certaines choses résistent à l'hiver, au froid et à la glace. Ces choses qui ne fondent pas avec l'arrivée du printemps, qui réapparaissent, parfois inchangées, parfois un peu plus vieilles et sales. Dans les flaques d'eau mêlées à de petits cailloux noirs se profilent des formes. Je sens une boule immense envahir ma gorge, encore. Lorsqu'ils l'ont retrouvée, des centaines de tableaux jonchaient l'appartement, notre maison, où il faisait si froid l'hiver, malgré la chaleur qui se dégageait de la cuisine. Les toiles n'étaient pas encadrées, à peine roulées. Quelques lattes de bois pointaient ici et là, mais le plancher était saturé de traits, de couleurs, de poussières de pigments. J'aimerais voir avril suspendu. Avril, notre mois à nous deux.

J'aurais sans doute pu faire beaucoup plus pour sa carrière. J'ai toujours cru, souvent avec colère, je l'admets, qu'il s'agissait d'une artiste exceptionnelle, comme on en trouve peu. Une de celles qui vous restent en mémoire, qui marquent à jamais votre vision des choses, votre perception de la réalité. Je dis avec colère parce qu'un regard franc et lucide constitue une douleur avec laquelle une enfant, moi en tout cas, ne veut pas vivre, peut-être parce qu'elle lui vole un peu sa place. Les toiles de ma mère constituent un apport majeur à l'art actuel, une nécessité, et c'est précisément cette évidence qui me déconcerte et me rend triste. Triste et coupable.

Au cours de la première période de son œuvre, ma mère a utilisé principalement l'acrylique. Cette période témoigne d'une souffrance troublante, qui transcende la représentation pour venir, telle une aiguille, se ficher quelque part en vous. On retrouve un vieillard hurlant, pris dans la glace, une femme tordue, comme abandonnée. Et des coulisses, partout, défigurant chaque tableau : noir, charbon, bleu de Prusse, gris argenté. Le mouvement présent dans les toiles semble organique. Peu de détails, beaucoup de reprises, de l'acharnement. Jamais la transparence, mais l'ombre, oui, comme nécessaire au tableau. Ma mère, figure de l'ombre.

Ma galerie commence à se faire un nom. Les deux dernières expositions ont été réussies. Je dois m'efforcer d'y croire, malgré mes propres réticences. Mettre sur pied un projet qui vous fait lentement basculer dans vos origines demande beaucoup d'énergie. Depuis toujours, j'ai tenté de demeurer éloignée des arts, un peu à la manière d'un chat échaudé. J'avais décidé de ne pas toucher, ni de près ni de loin, à la peinture : je ferais une carrière en journalisme. Du journalisme à la critique, de la critique au commentaire sur l'art, et à la galerie ; j'ai fini par abandonner la lutte, car tout m'y ramène : à la peinture, à ma mère. Tout m'y ramène parce que c'est ancré si profondément en moi que toute la volonté du monde n'y pourrait rien. Rien ne serait en mesure de constituer un adversaire de taille pour ce qui s'appelle le commencement.

La série des portraits constitue pour moi une intrigue en ce qu'elle est la répétition du dessin de cette même fille sans âge. Réalisés à la sanguine, les dessins tâtonnent, s'approchent et s'éloignent, comme si l'artiste n'arrivait pas à traduire l'émotion juste. Elle s'acharne, portrait après portrait. Chaque dessin abrite ce regard qui transperce, tel un microscope voulant infiltrer la réalité, crûment. Les papiers sont tachés, la plupart des dessins n'ont pas été fixés. Ils transmettent une sorte d'incertitude, de découragement, voire de désintéressement. Ma mère devait douter de ces portraits, comme elle doutait d'elle-même. Les dessins se ressemblent tous sans pourtant être identiques. Le malaise que je ressens à la vue de ceux-ci tient sans doute au nombre ahurissant de répliques ou peut-être à la larme esquissée sur la joue de la fille, et reproduite des dizaines de fois.

Finalement, une série blanche, presque vide. Des aquarelles minimalistes. On y retrouve quelques taches dans les jaunes les plus pâles. Parfois, on dirait un ciel, d'autres fois, un champ de maïs. De petits îlots où respirer. De l'eau, de l'or, de la lumière. Elle n'a jamais peint de ports célèbres ou encore de petites maisons conventionnelles perdues au milieu de vastes clairières. Non, elle n'a pas peint ce qui fascine habituellement les aquarellistes. Ma mère est en prise directe sur l'imaginaire. En prise directe sur ce qui est ailleurs, et qui n'était pas moi. Elle n'a pas voulu qu'on la catégorise, a refusé tous les *memberships* qui lui étaient proposés. Cela ne l'intéressait pas ; elle ne peignait pas pour la toile, le ciel ou le champ de maïs, mais plutôt pour le bien-être, la paix, la douceur de ne pas voir le temps s'écouler, me disait-elle. Cette série blanche m'impressionne, car même le papier semble de trop. En fait, ce qui frappe d'abord, c'est l'absence palpable de ma mère.

Ce soir, c'est la fête. Tes plus grands tableaux magnifiquement éclairés habitent ma galerie. Je ressens un vertige comparable à celui du plongeur perché sur le bout de la planche, avant le grand saut, convaincu que son destin se trouve tout en bas. Partout, sur les murs, ta signature se multiplie.

Des autobus et des grenouilles

Véronique a quatorze ans, mais dans son cœur et dans sa tête, elle n'en a pas plus de six. Tous les vendredis, je passe la journée avec elle. Chaque fois, elle se jette dans mes bras en criant « Mimi ! Mimi, c'est toi ! Mimi, je t'aime ! » Nous envoyons ensemble la main à la femme au grand cœur qui s'occupe d'elle et de trois autres enfants, et nous sortons. Le mois de septembre est à peine achevé que je m'ennuie déjà de l'été. Hier, notre promenade a débuté par un arrêt chez le marchand de crème glacée, au chocolat, il va sans dire. Puis nous sommes allées au parc « où il y a des jeux ». Dans les arbres et par terre, les feuilles étaient de toutes les couleurs; nous avons fait trois petits tas pour les trois couleurs de l'automne: le jaune, l'orangé et le rouge. Nous n'avons pas choisi les feuilles trop mouillées, elles ont une odeur de moisi qui me lève le cœur. Véronique semblait heureuse, assise dans les feuilles. Je lui apprends à regarder vers le ciel, car elle a l'habitude de suivre les mouvements de ses pieds et de s'inquiéter des cailloux qu'elle écrase. Elle portait une veste de laine lilas, ses espadrilles trouées et cette robe à rayures, devenue si courte que cela en est indécent, mais dont elle ne veut pas se départir. Nous nous sommes balancées longtemps, jusqu'à ce que les chaînes nous gèlent les doigts. Peu importe ce qui lui arrive, Véronique ne peut s'empêcher de rire. Lorsque nous étions petites, ce rire me tombait tellement sur les nerfs.

C'est en pensant à ma sœur que je suis venue voir la femme au grand cœur aujourd'hui. La même histoire nous a façonnées, une histoire de saleté, d'enfance mal tournée, de parents absents, de cris, de responsabilités. Une histoire gravée dans ma chair tel un tatouage sur lequel on passe et repasse encore pour éviter de le voir pâlir, avalé par la peau blême. Je rêve parfois et, dans mon rêve, je suis Véronique, j'ai six ans et les enfants de l'école se moquent de moi et de ma grande sœur. Ils rient de nous et de nos cheveux sales, de nos vêtements démodés. Ils rient de moi et je ris avec eux, innocente, inconsciente de leur méchanceté.

« Je suis venue vous voir parce que j'ai en moi trop de colère, comme une force dangereuse. Parce que j'ai laissé Véronique toute seule dans un magasin et que je me suis enfuie en courant. Parce que je me suis cachée et l'ai observée me chercher du regard, tourner en rond sur elle-même, pour finalement la voir s'écrouler par terre et se frapper la tête, encore et encore, contre un mur de briques. Je l'épiais de loin et ne bougeais pas. Le sang de ma sœur coulait sur son visage et je restais là. Le vendeur est sorti de sa boutique avec son téléphone cellulaire et a composé le 9-1-1. Je suis montée, seule, dans le premier autobus et je me suis réveillée à l'autre bout de la ville, les yeux bouffis d'avoir trop pleuré. C'est en pensant à Véronique, ma petite sœur, que je viens vous parler, en m'avouant un peu nos ressemblances. Je ne l'emmènerai plus les vendredis, je crois qu'il vaut mieux que je ne vienne plus. Vous savez, j'ai trouvé une grenouille dans l'étang du parc. Je l'ai emmenée chez moi et je la nourris tous les jours. Je vous la montrerai si vous voulez, peut-être. Elle n'est pas bien méchante. Elle aime prendre l'autobus et aussi manger de la crème glacée au chocolat. »

Barcelone

Elle cherche le quai d'embarquement. Depuis que l'aéroport a été rénové, Gabrielle ne se reconnaît plus. Un homme, béret basque et veston brun, marche main dans la main avec une femme très belle. Gabrielle s'arrête et les observe. Sur ses épaules, l'homme porte une fillette arborant un joli chapeau de laine colorée.

*

Une grande vulnérabilité s'empare de Gabrielle, enfin calée dans son siège côté hublot. Le souvenir de la tristesse profonde ressentie cet automne lorsqu'elle avait appris que son père était parti à Barcelone. Aujourd'hui, personne n'est au courant qu'elle part ; cette pensée lui procure un grand bien-être. Le départ de son père, lui, avait fait beaucoup de bruit. Une phrase résonne dans sa tête : « Je ne reviendrai pas. »

*

Barcelone, 10 h. Le ciel est couvert et l'humidité l'agrippe. Son ventre se serre à la vue d'un avion d'Air

Canada. *Emmenez-moi, SVP ! Ne me laissez pas ici, j'ai changé d'idée, je veux revenir, je n'y pense déjà plus, à mon père. Attendez !* Elle vient à peine de mettre les pieds en Espagne et, déjà, Montréal lui manque. Un chauffeur de taxi se présente à elle. Elle lui donne l'adresse de l'hôtel où elle a réservé une chambre. Il y a peu de circulation sur les routes, la petite voiture avance avec aisance. Le paysage offre à Gabrielle une version délavée des images du *Lonely Planet*. Elle s'y attendait mais tout de même... *Barcelone en février. Merde !* Son estomac ne se dénoue pas.

C'est surtout d'elle qu'elle se méfie, en fait, cette nouvelle ville qui allait ou avait déjà transformé son père. Mais sa fille remarquerait-elle seulement cette transformation ? Elle qui a le sentiment de ne pas connaître son père. Cet homme mystérieux possède la force et l'assurance qui font craquer la femme, mais pleurer la fille ; la fille se demandant encore qui, exactement, se cache derrière ces yeux verts : un homme maladroit, inquiet de tenir dans ses bras fragiles le cœur de ceux qui l'entourent ? Un homme complètement dépassé par l'amour ? *Peut-être. Il ne sait pas. C'est cela le plus désespérant ; il ne pourrait pas faire autrement.* Aujourd'hui, au beau milieu de cette ville inconnue qui la trouble, comme elle aurait voulu sa grande main dans la sienne pour traverser la rue, ses lèvres sur son front moite ! Dans la chambre de l'hôtel, Gabrielle dépose son sac et se roule en boule sur le lit un peu trop mou.

Elle sombre dans les profondeurs d'un sommeil propre au voyage, cet état de repos par lequel on plonge au plus ancien de soi tout en demeurant à l'affût. Les inquiétudes, les rêves, les souvenirs s'emmêlent en une sorte de liquide nourrissant qui, pour le temps du voyage, coulera dans ses veines. Une sève nouvelle irrigue ses bras, qu'elle trouve trop longs, et ses jambes, qu'elle a trop maigres. À la sortie de ce sommeil, elle sait sa fragilité ; elle imagine son père refusant de la voir, et craint d'en être ébranlée. Elle pense pour la première fois à ce qu'elle pourra bien lui dire, à son père, à ce qu'il lui répondrait. Et le nœud se serre davantage. En sortant de la chambre, Gabrielle remarque l'absence de miroir et hoche la tête de satisfaction.

Elle arpente les quais du port, espérant secrètement ne plus retrouver son chemin et surtout avoir oublié la raison de sa présence ici. À chaque intersection, elle se surprend à anticiper l'apparition de son père. Des vestons bruns, un peu partout, et des bérets, nombreux en cette saison, rendent son fantôme omniprésent. Elle frissonne, regrettant de ne pas avoir apporté un foulard et des gants.

Il a trouvé un emploi dans un musée important. Quand même, cela la rend heureuse de savoir qu'enfin il a trouvé une place qui lui convient vraiment. Mais avait-il besoin d'aller si loin ? *Pourquoi a-t-il fallu que tu t'exiles à l'autre bout du monde, à l'autre bout de nous pour pouvoir sentir que tu avais enfin trouvé ta place ?* Elle se sent fière et en même temps tellement triste, si déçue qu'il n'ait pas eu envie de demeurer dans leur ville, leur Montréal apprivoisé. « Je ne reviendrai pas. » Pourquoi le dire si brutalement ? Elle prend conscience, là, au bord de la Méditerranée, du peu d'effet qu'elle a sur la vie de son père. *Je me remue tout entière pour le trouver, lui parler et comprendre, alors qu'il ne daigne même pas m'envoyer un courriel.* Tout en marchant, elle repense à ce soir lointain, alors qu'elle avait réussi à enchaîner les trois syllabes de son premier mot. Ce mot qu'il s'acharnait à lui faire lire, soir après soir. Quelle complicité, cette fois-là ! Ce sentiment ancien n'était qu'un souvenir, sans doute construit de toutes pièces, d'ailleurs. Elle avait cru que le fait de se trouver ici, de perdre quelques repères, l'aiderait à comprendre à quel moment son père avait commencé à lui manquer.

⁂

C'est aujourd'hui. Elle va se rendre au musée et demander à voir son père. Elle lui proposera d'aller manger dans un petit café des alentours, exigera des explications, des réponses, voudra comprendre. Elle lui parlera un peu de sa mère. Elle lui dira qu'elle a enfin terminé le livre qu'elle était en train d'écrire. Viendra-t-il au lancement ? Elle ne se rendra pas compte de son comportement de petite fille, ne remarquera pas qu'elle a recommencé à tourner cette mèche de cheveux qui cache son visage. Et lui, prenant sa main dans la sienne, lui dira qu'il l'aime. Aux questions *Pour combien de temps es-tu ici ?* et *Quels pays visiteras-tu ?* elle mentira, ne dira pas que c'est pour lui qu'elle est venue, juste pour lui.

Désir

Au cœur d'un après-midi de notre enfance, je t'observais, nu sous le jet du boyau d'arrosage que papa avait laissé traîner. Mes bras étaient engourdis à force de serrer les poings, tellement je ne voulais pas que tu me découvres. Quelle volée j'aurais méritée ! Tu m'en aurais certainement voulu jusqu'à la mort. Les choses auraient sans doute été différentes s'il n'y avait pas eu « ça ». Tu refusais d'en parler, de « ça », de « l'incident ». Tu m'avais dit qu'il fallait oublier, faire comme avant. Une tâche surhumaine pour l'adolescente que j'étais, littéralement engluée dans ses fantasmes. Malgré ton refus d'aborder le sujet « ça », je soupçonnais quand même que tu n'arrivais pas, toi non plus, à effacer de ta mémoire ces instants qui ont changé nos vies pour toujours, sinon tu n'aurais pas évité mon regard comme tu le fais depuis.

Donc, cet après-midi-là, je te regardais secrètement. Tu revenais du garage où tu travaillais depuis la fin de l'école. J'imaginais bien que les 40° à l'ombre dans lesquels nous mijotions depuis cinq jours devaient être pénibles à supporter sous la carcasse d'une voiture ou la tête dans un moteur. Je rangeais les outils de jardinage dans la grange, avec des gestes très lents, quand je t'ai entendu arriver.

Ton bazou faisait tant de bruit que, lorsqu'enfin tu coupais le contact, la nature s'autorisait à se réactiver. Les oiseaux se remettaient à chanter, la radio de maman, qui piaillait depuis la fenêtre de la cuisine, reprenait sa ritournelle. À la ferme, le moindre bruit se propageait à une vitesse fulgurante. Chez nous, on pouvait difficilement vaquer à ses occupations dans quelque intimité, à moins d'aller au bord de la rivière, de l'autre côté de la route, au-delà des limites de notre terrain, ou encore dans la grange, bien caché.

Il faisait si chaud que j'avais retiré ma camisole et conservé uniquement ma salopette de jeans. Mes cheveux collaient à mon front et mon nez luisait. La chaleur était comme une étreinte dont on ne peut s'échapper. Du spectacle qui se déployait devant moi non plus je ne pouvais me détacher. Entre les planches tordues de la vieille grange, l'image de ton pénis offert au soleil surgissait. Je ne voyais que ça, le poil qui le surmontait et la poche ratatinée qui pendait dessous. S'il n'y avait pas eu « l'incident », peut-être aurais-je pu ne pas m'accrocher les yeux dedans, sauf que désormais, cela n'était plus possible, j'avais toujours en tête ce qui s'était passé, ce qu'on avait fait. Je n'osais pas y penser ni à rien d'autre d'ailleurs, m'imaginant que peut-être tu pouvais sentir ma présence, deviner mes pensées. Mais au fond, tu n'en avais rien à faire... À cette époque, j'étais persuadée que pour toi, « ça » n'avait été qu'une erreur.

Accroupie, te fixant silencieusement, tentant de ne pas déplacer la plus petite parcelle d'air, de ne pas émettre le moindre son, j'avais remarqué qu'à travers le coton mince de mon « top » le bout de mes presque seins durcissait malgré la chaleur. Et un malaise m'avait envahie, ma respiration s'était accélérée. Je pensais que la température avait plafonné, que rien de plus brûlant ne pourrait survenir, mais en te voyant te pencher, tête baissée, pour te mouiller la nuque, une source de chaleur disons... volcanique s'est mise à irradier entre mes cuisses. Tu as secoué tes cheveux, remis tes caleçons. Et pendant que je n'arrivais pas à détourner mon regard de tes fesses toutes rondes, tu es entré dans la maison. À ce moment seulement, j'ai pu recommencer à respirer. J'avais treize ans, tu en avais seize. Je repense à ce jour-là comme à un phare dans la nuit.

Rose bikini

À mon ami François

Cette histoire m'habitait depuis longtemps. Je ne me décidais pas à l'écrire. Je n'arrivais pas à mettre en mots ce qui pendant longtemps consistait surtout en des impressions, voire des sensations, peut-être un souvenir. Cette histoire se cache entre la noirceur de la chambre et les ombres de mes pensées ces soirs où je n'ai pas envie de faire l'amour. Elle se cache entre les pages d'une histoire d'amour enlevante, sous les traits d'une actrice sexy. En fait, ce n'est pas une histoire, mais un fantasme qui existe, là. Et là, dans la vivacité de ce fantasme que je nourris depuis plusieurs années, je me croyais à l'abri de la réalité grise. Pour être honnête, je crois que je ne l'écrivais pas parce que je ne parvenais pas à m'en séparer. Les fantasmes rendent possessifs, égoïstes ; ils se pointent à l'improviste et lorsqu'ils nous quittent on se sent terriblement vide, seul.

Donc, je me taisais, acharné, entretenant une hypothèse improbable, profitant à moi seul de cet ami qui m'ignorait, ce fantasme qui porte un nom. Et hier, quelqu'un s'est immiscé. Quelqu'un nous a séparés, rendus à nos existences respectives, la mienne, bien réelle et banale, il faut le dire, et la sienne, au fantasme, existence vaporeuse et esclave de ma mémoire.

Évidemment, je me la suis racontée de dizaines de fois cette histoire, je l'ai fabriquée jusqu'à obtenir une version facile à retenir. J'en ai établi la narration, lui ai trouvé un début, une fin, lui ai ajouté quelques péripéties étrangères à ma mémoire. D'accord, je l'ai embellie, oui. Je lui ai donné un sens, car je craignais qu'elle n'en manque. Je l'ai rendue véridique, odorante, bruissante, aveuglante. J'en ai fait une fiction, si bien que j'ai peine à différencier le vécu et l'invention.

J'ai quinze ans. Elle m'invite pour la journée sur le yacht de son père. Nous serons seuls, cependant je ne le sais pas encore. Je ne la connais pas beaucoup, mais aucun soupçon n'aurait pu atténuer mon excitation. Je ne sais que l'unique vérité qui ait de l'importance, celle qui me hante toujours, et qui tient en trois mots. Sandrine, bikini, rose.

Hier, je l'ai racontée. Je ne sais pas trop pourquoi. Comme ça, le vin était doux, la conversation profonde, la femme trop belle, et tout le reste, alors, j'ai raconté l'histoire, la version la plus réussie. J'y ai mis des détails, de l'émotion, j'ai même émis quelques commentaires, faisant croire que, *a posteriori*, j'étais vraiment détaché de tout cela, presque spectateur.

Aujourd'hui, je me sens traître.

Une chaleur sur mon ombre

N'être personne. Quelqu'un l'a déjà dit. Combien sommes-nous à naître quelconques, à grandir semblables et à vivre ordinairement. Je suis Ève ou Marie ou Béatrice, pour continuer à réciter les minutes, à compter les années perdues. Pour acheter un billet de cinéma. Je suis le troisième banc de la cinquième rangée. Les lumières se rallument : j'ai les ongles rongés et les larmes aux yeux.

J'écris, à Marguerite, à Loulou, à mon père disparu. J'ai un tiroir rempli de lettres avortées, d'enveloppes sans timbre. Une vieille radio me chante des refrains d'amour. Mais je n'ai pas de visage à qui les offrir, je n'ai pas de souvenirs à qui les confier. Je lis toutes les revues, tous les journaux. Je lis au café L'oranger, le soir ou le matin. Un *caffè latte* dans un bol. Je me demande si les clients, eux aussi, ne sont personne.

J'aimerais écrire comme elle murmure, danser comme il s'envole. Je suis celle qui cherche, au moins. Serait-il possible que je ne sois qu'un assemblage de mes rêves, le bête cumul de mes idéaux ? Sur les murs de mon appartement, le visage noir de Miles Davis et une affiche d'*Apocalypse Now*. Dans mon placard, j'ai entreposé ma trompette. Le soir, je la regarde en écoutant *Kind of Blue*.

J'aimerais bien qu'on me nomme, qu'on m'appelle. Mais rien ni personne ne se trouble pour moi. Et pourtant, j'existe. J'existe pour le mendiant me tendant une main crasseuse, pour ma mère qui m'envoie vingt dollars pour mon anniversaire. Tous me voient, puis m'oublient. Partir.

⁂

Dans mes chaussures usées par l'asphalte de San Diego, de Rio, de Buenos Aires, j'existe davantage. Ici, mon étrangeté est familière, cela me soulage. Il m'a regardée, je l'ai senti : une chaleur sur mon ombre. Les reflets aveuglants du soleil sur la mer, sans doute, l'ont fait se retourner sur mon passage, ou est-ce ma longue silhouette ? Nous nous sommes croisés, il a hoché la tête timidement.

Ça, ou je ne suis personne.

Contre Lina

La polyvalente est fermée aujourd'hui. Alerte à la bombe. De toute façon, je n'irai plus. Je reste sous mes couvertures à regarder la télévision. Avec mon Exacto, je grave sur mon bras les lettres de mon prénom : LINA. Je suis ma seule vérité. Des gouttes de sang colorent ma peau, l'eau monte à mes yeux. Le sel de mes larmes va désinfecter la plaie. Je trace deux fois pour que cela reste en permanence. Le cadenas sur ma porte de chambre est secoué par l'insistance de ma mère. Tu vois pas ce qui est écrit sur la porte ! La paix, crisse de folle !

Depuis deux jours qu'elle est enfermée dans sa chambre. Je sais que plus j'insiste, moins elle voudra sortir. Depuis toujours, c'est la règle d'or. Je ne peux tout de même pas enfoncer la porte. Je dois respecter Lina. Je vais donc attendre que cela passe, attendre qu'elle sorte d'elle-même. Je ne lui dirai pas que, depuis longtemps, je répète un monologue : je m'exerce à lui dire que je l'aime, ma petite fille chérie. Je connais l'ampleur de ses réactions, je sais la violence de ses mots, la puissance de son silence aussi. Je ne dirai rien. Elle a finalement réussi à incruster le doute dans mon cœur. Elle a fait de moi une mère ratée. J'entends souvent la voix du directeur sur le répondeur. Pas de nouvelles de Lina, encore. Parfois, je voudrais qu'elle ne soit pas ma fille.

Je reste ici, je ne bougerai pas. Plus jamais. Je sortirai quand j'aurai gravé le nom de toutes mes idoles sur mon corps. Personne ne voudra de moi. Je serai répugnante, repoussante. Cette fois, ils auront une vraie raison de me haïr. Je suis ignoble, je suis la pire des garces. « Mademoiselle, si vous faites encore l'insolente vous serez expulsée ! » Wouuu, j'ai peur ! Ici, pas de directeur, pas d'élèves stupides ni de cosinus ou de participes passés. Pas de mère traînant dans la merde et qui se laisse engloutir dans le trou que je me creuse. Elle est trop folle pour comprendre la vérité. Je n'ai besoin de personne : je viens de nulle part. Rien à foutre de l'amour inconditionnel. Ma mère se laisse manger, rongée par toutes les peurs.

Il faut que je résiste à l'envie de partir. J'ai une fille, j'ai une fille, me le répéter, encore. Je devrais acheter des plats congelés pour Lina. Elle doit se nourrir. Il faut appeler Michel pour lui dire que je ne pourrai pas aller en Floride avec lui. Lui dire qu'il peut partir avec sa femme, lui parler de Lina qui ne va pas bien. Lina qui a quinze ans depuis toujours. La douleur intemporelle de Lina. Ses cheveux de bébé encore glissants sous mes doigts. Cacher à ma fille les larmes qui me gonflent les yeux.

J'ai envie. Je pisse dans un coin de la garde-robe. Je ne sortirai pas d'ici, pas avant que le monde entier soit parti. Je quitterai ma chambre uniquement lorsque je serai seule sur la terre. Seule pour vrai, seule sans les autres. Un chat ou deux lécheront mes jambes de leurs langues rugueuses. Mon nom sur ma peau, au cas où je ne pourrais plus parler, au cas où je perdrais ma langue maternelle.

L'attente me rend folle. Je ne peux pas m'asseoir devant sa porte et laisser monter l'angoisse. Facile de s'enfermer. C'est le chemin des lâches, ma fille ! Je ne veux pas subir passivement ses enfantillages. Elle ne me dit rien, ne m'a jamais rien dit. Je veux bien faire semblant d'obéir aux ordres, pour lui faire plaisir, pour la faire sortir, mais pas rester plantée là devant sa porte. Et si elle sortait… Je me demande ce qu'on se dirait, je me demande si on se toucherait. Un beau soleil brille dehors. Le jour de la naissance de Lina était réchauffé par le même. C'était hier. Entre mes jambes, la même douleur.

Ma mère excelle dans tout ce qui me fait vomir. Ôte ton doigt de ma gorge ! J'ai découpé mes livres. J'ai réduit Ducharme en confetti. J'ai fait des banderoles avec les rubans de mes cassettes. Il y en a partout dans ma chambre. Il va y avoir une fête ; cette fois, je suis l'invitée d'honneur, la diva qui va chanter l'*amor*. Je ne sais pas chanter. Je ne sais pas danser. On ne m'invite pas aux fêtes. Je suis une ombre qui attaque. Mes couteaux sont de moins en moins aiguisés, alors je m'enferme pour économiser les forces qui me restent. Dehors, c'est un enfer.

Je sors de la maison. Laisser Lina seule dans sa prison pour lui faire comprendre que je ne suis pas à son service. Lui faire comprendre qu'elle n'a pas le contrôle. Je suis sa mère. J'ai l'expérience de la vie, je peux lui en montrer. Elle m'insulte. Mais oublier le feu sortant de sa bouche, enterrer les flèches lancées dans toutes les directions. Me dire tout haut que je ne l'abandonne pas, qu'elle doit se faire des forces pour affronter le monde. Arrêter de la traiter en bébé, de toujours lui dire qu'elle est belle, qu'elle est gentille parce que cela fait du bien à l'estime de soi. Je vais lui laisser un mot sur la table, lui écrire que je suis partie chez Chantal pour la soirée. Elle doit avoir ses écouteurs, elle n'entendrait rien, même si elle écoutait.

Ma mère est partie. Enfin. Je ne vais pas lui laisser croire que j'ai besoin d'elle, je ne vais pas lire le mot sur la table, le millième mot laissé sur la table. Je les ai tous conservés. Le premier, quand j'avais six ans, et les autres : *Partie à l'épicerie. Partie au casino. Reviens demain. Pizza au frigo.* Je ne les lis plus. Elle va rentrer, suivie d'une odeur de scotch et de cigarette. Je m'en fous. Je regarde la télévision et les heures passent. Je suis fatiguée.

Un dernier verre. Je dois rentrer. Sur le chemin, je sonne chez Michel. Juste un petit baiser avant de retrouver l'enfer, avant de me cogner le nez sur la porte de Lina. Il m'ouvre. Je suis saoule, folle, sa femme va tout savoir, je suis une salope. Ça tourne, j'ai mal à la tête. Marcher sur le trottoir, la lèvre fendue. L'empreinte de sa main sur ma joue.

Je sens comme une épée au travers de ma gorge. J'ai soif. Je mâche de la gomme, je vide le paquet. Je vais rester cachée ici, jusqu'à ce qu'on me trouve. Peut-être pour toujours. Je vais m'en aller sans le dire. Je ne vais pas pleurer. Ma mère ne doit pas penser que je me laisse manger par la peur. La peur paralyse. Je suis un bulldozer, un indestructible de métal. Je monte le volume de la télévision ; la musique dans tous les recoins de ma chambre, dans les fossés de ma tête, pour ne pas m'entendre claquer des dents. La lune s'est levée, les chattes en chaleur s'époumonent. Mes doigts autour de mes poignets, l'Exacto entre mes doigts.

L'aube point à l'horizon. Je n'arrive pas à déverrouiller la porte d'entrée. Me concentrer. La clé dans le trou de la serrure. J'ai mal au cœur. La télévision hurle dans l'aube. « Lina ! »

Le désert sur ma nuque

Désert du Sahara. Le mouvement. Nous et les chameaux qui nous enfonçant dans le désert. J'essaie de garder le rythme et de me concentrer tandis que le temps et tout le reste s'écoule sans moi, je ne sais plus ce qui se joue et s'égare. Même si les journées sont longues et éreintantes, la fatigue venue de la chaleur engourdit et réconforte. D'ordinaire, les choses s'altèrent ou se désintègrent à mon contact. Le désert semble échapper à cette loi, cela me fait du bien. Je me demande d'ailleurs si nous laissons des empreintes, et combien de temps elles dureront. Avec toutes ces pièces de tissus que V. me fait porter, je me demande aussi si ma silhouette est reconnaissable.

Devant moi, V. ouvre la voie. Des mains sublimes, un sourire, le calme. Il porte en lui l'intensité du désert, la constance et la force de tout ce sable. Dans les replis de nos ombres et de nos différences, nous nous découvrons, ce qui me donne une manière de vertige. Aucune marque dans le ciel, pas de ligne pointillée à mon intention. Mais les sillons sur le visage brûlé de V., sa confiance habitable. Ce soir, les galaxies sont comme des cicatrices mouvantes sur la peau de l'univers.

En parcourant les dunes marocaines, c'est l'espace plus que le temps qui me travaille. Ce changement me bouscule. Je viens d'un endroit où il n'y a que le temps pour marquer les transformations, les rides pour nous faire comprendre que nous sommes ailleurs. Ici, il n'y a qu'à avancer, à poursuivre la route sans autre but. J'ai la sensation d'être accompagnée par quelque chose d'indéniablement présent et de subtilement effacé. Les fenêtres de ma pensée se sont entrouvertes de façon à ce que le doute ne fasse que passer sans s'attarder. Je m'oublie, me repose, me déleste. L'expérience du désert fait naître en moi la conviction qu'il y a des hasards qui n'en sont pas. Et le soleil plombe.

Je ne manque de rien. Ici, rien ne peut me détourner de cette évidence. Je me suis engagée dans ce désert en quête d'une quête, cherchant un but à ma vie, cherchant à devenir alors que cela n'est peut-être au fond qu'une question de hasards et de mouvance. Devenir, comme ressentir le bonheur de s'échouer sur une île après avoir navigué des jours entiers à bord d'un vaisseau aux voiles trouées. Au milieu des dunes, au cœur de nulle part, devenir est bien peu de choses. Tout ce ciel, ce sable, ces étoiles et les doigts de V. sur ma nuque.

Cette nouvelle a été publiée sur le site de la *Revue arts et littérature Mouvances* : *mouvances.ca*, n° 7, hiver 2007.

Entre tes lèvres et les miennes

Ils sont là ce soir, entre tes lèvres et les miennes, ceux que nous aimons, que nous ne voulons pas perdre. Mais rien n'y fait et nous ne faisons rien... Nous attendons qu'il se produise quelque chose, une dernière impulsion, un ultime vertige qui nous entraînerait sur cette pente qui ne pardonne pas et engloutit, dévorant les intentions les plus sincères et les idéaux intenables. Nous nous retrouvons côte à côte dans ce bar, évoquant des souvenirs et des anecdotes du temps passé pour nous accrocher à une réalité amicale, réelle, celle d'aujourd'hui, et tu ris en me donnant une légère tape dans le dos pour souligner notre camaraderie, pour la prier de ne pas nous laisser seuls, ensemble. Je suis agrippée à mon verre et, soudainement fatiguée, je n'ai plus envie de forcer, de chasser à grands coups de sagesse et de prudence la charge sensuelle qui se manifeste chaque fois. Pourquoi faut-il toujours que ce soit moi qui parte, moi qui porte l'odieux de la discipline, moi qui prévienne les dégâts, moi qui t'évite ? Et si je laissais faire, si je m'abandonnais à la suite, si je ne baissais pas les yeux quand tu me regardes, si j'enlevais la veste qui me donne chaud, si je me déhanchais comme j'en ai envie sur la piste de danse, si je prenais un autre *mojito* parce que c'est l'été, si... ? Une fois la responsabilité de ce qui ne doit pas devenir *nous deux* répartie en parts égales, combien de temps les barrières tiendraient-elles ? La prochaine fois, je prendrai mon courage à deux mains et je le dirai. Je prononcerai les mots, je te dirai qu'il ne faut plus nous *voir*. Tu es dans mon décor et je suis dans le tien et nous n'y pouvons rien. C'est la donnée avec laquelle il faut composer. Mais la prochaine fois, je vais te demander d'arrêter de me *voir*. Et j'essaierai aussi, je tenterai tout ce qui est possible pour ne plus savoir que tu es toi, pour ne pas oublier cet espace peuplé entre nos lèvres. Chaque chose à sa place dans une vie bien rangée ; un cœur clair. Pourtant, je ne veux pas que l'ambiguïté cesse, que prenne fin ce jeu qui n'en n'est plus un. Le pire est sans doute l'impossibilité de me confier à qui que ce soit puisque le seul fait d'extérioriser ce que je n'ai pas essayé de nommer le concrétise, transforme le jeu en enjeu. J'aimerais ne jamais en avoir pris conscience. Ne pas le savoir tout en l'ayant vécu, oui, c'est cela. De cette façon, rien ne serait menacé, ce ne serait ni ma faute ni la tienne, puisqu'il n'y aurait pas de faute, seulement un jeu, un plaisir sans désir. Mais voilà, nous en sommes conscients. Je crois que je suis autorisée à dire *nous* ici. Oui, j'ai ton odeur pour le prouver, j'ai ta confiance et ton rire pour m'en assurer et toujours cet espace entre tes lèvres et les miennes.

Brusquement

Dans ma tête, tout a explosé. Le jour où elle est venue me voir, j'approchais dangereusement de ce point d'où on ne peut revenir intact, cet endroit frontalier de la folie, mais ce jour-là il y a eu l'explosion. Je ne sais trop quelles synapses n'ont pas rencontré tel ou tel courant, mais une information nouvelle est venue participer à la course de mes neurones, en tout cas, il y a eu explosion.

Ça a commencé par l'orangé, puis le vert a léché le bleu et entraîné le jaune, et à un moment précis tout est devenu rouge. Je sentais que les choses se mélangeaient, que l'ordre changeait. Dans ma tête, tout était rouge, et dans mes yeux aussi, je la regardais et ses joues et son nez étaient rouges, ses yeux dégoulinaient de larmes rouges et je me demandais pourquoi, je me demandais si l'explosion s'était fait sentir autre part, ailleurs que dans ma tête, et je n'osais pas le demander, je n'osais pas ouvrir la bouche, j'étais si content qu'elle soit venue me voir. À l'intérieur, la tempête poursuivait ses ravages : des bruits de métal résonnaient dans l'enceinte de mon crâne, et cela me faisait grincer des dents, la chaleur était insupportable, je suais toute la glace de mes pôles, les rochers se liquéfiaient. Elle, elle attendait sur le petit banc de bois près de mon lit, j'ai essayé de bouger mon bras pour lui toucher la main, mais alors une autre explosion s'est produite, encore la couleur, encore la chaleur et les bruits infernaux du fer que l'on croise. Surtout, surtout cette voix qui criait si fort que je ne m'entendais plus, si fort que mes oreilles se sont fendues. Pourtant, malgré cet assaut qui transformait tout ce que j'étais et tout ce que je pouvais, je la voyais qui m'observait, abasourdie par tant de laideur permise. Fendues, mes oreilles, défaites, prêtes à laisser fuir mes pensées ; mes désirs un à un s'éloignaient. J'étais triste de sentir mon esprit se désagréger, de voir s'émousser ma mémoire, l'odeur de M., la chanson que je chantais à F., toutes ces choses qui ne se transmettent pas et qui font que je ne pourrai plus jamais être celui que j'ai été. Il faisait si chaud dans ma tête, les mots étaient de plus en plus difficiles d'accès. L'explosion, la confusion, je suis tombé dans un vide tiède. Quand je me suis réveillé, il n'y avait plus personne, que l'écho dans ma tête, dans une salle immense, un endroit où personne ne souhaiterait se retrouver. J'ai été parachuté au centre de ce cube. Je ne voyais rien qui aurait pu me faire croire que j'étais encore de ce monde. J'aurais aussi bien pu être tombé dans le trou d'Alice, avec un lapin blanc, ou encore me trouver dans l'entre-deux étages d'un immeuble ou, pire, être le dernier de tous, avant que tout ne s'arrête, le premier avant que tout ne commence. Plus de couleurs, plus de bruits, seul avec ma respiration.

Il serait périlleux de questionner ce court-circuit, de chercher un sens à l'éparpillement de ma logique. Suis-je un autre ou ne suis-je finalement que les notes les plus graves de ma personnalité ? Je me repose sur mon intuition pour me guider, me conduire dans le vide vaste qui m'habite. Je me souviens bien d'elle ; elle est venue me voir, les explosions n'ont pas contaminé ce souvenir-là, non.

Je peux encore me réfugier dans son regard, si tendre sur mon corps osseux. Elle était là. Dans le fer, le rouge, le feu qui m'a brûlé. Dans la peur invincible qui m'a assailli à cet instant. J'ai basculé de l'autre côté, celui qu'il ne faut pas nommer, celui dont personne ne revient et qui est laid. Dans ma tête, tout a explosé, et je voudrais que cela ne recommence plus, que les couleurs demeurent distinctes, que la température se stabilise. Il faut penser à la couleur, croire les paroles, les notes. Il faut sourire pendant qu'il n'y a pas de catastrophe, car l'autre côté qui est si laid se trouve tout juste sous nos pas.

Des épines dans les paumes

Où j'ai semé des larmes mes armes sont en fleurs

Richard Desjardins

La forêt noire ne nous appartient pas. Elle se dresse entre les âmes et piège les amoureux. La forêt noire ressemble au cœur sombre et dense de la marguerite. Autour d'elle, une vaste clairière, la fraîcheur vivifiante d'une rivière, le jaune d'un champ de maïs. Et du soleil. Au centre de cette beauté, la forêt noire se dresse. Il est difficile de nous rappeler comment nous y sommes entrés. Nous savons seulement que maintenant, enchaînés par des ronces animées qui déchirent nos vêtements, qui égratignent notre peau délicate, nous menons une dure bataille. Nous déployons des efforts démesurés pour nous en défaire, mais les bras de la forêt noire nous retiennent. Épuisés, nous prions pour que la magie opère, qu'une bonne fée ou un grand sage nous sauve ou nous remette une arme secrète. Mais n'apparaît qu'un vent fou hurlant dans nos oreilles, inapte à camoufler le bruit inquiétant de nos pleurs ou l'odeur rance de notre désespoir. Des épines dans les paumes, nous tentons de nous faufiler entre les griffes de la reine morte, celle qui veille sur ce cimetière dans lequel nous nous sommes égarés. Sans cesse happés et détournés l'un de l'autre par l'énergie de cet endroit damné, nous nous tendons les bras, oubliant ainsi qu'ensemble nous nous étions perdus dans le champ de maïs, que nous allions nous noyer dans la rivière. Le cœur de la marguerite nous rassemble et nous menace. Nous sommes amoureux. Les yeux bouffis, les cheveux emmêlés, les pieds ensanglantés, nous nous attaquons, machette à la main, à ces ronces piquantes et noueuses qui repoussent à une vitesse folle. D'autres mènent un combat semblable au nôtre, à quelques pas d'ici, dans cette même forêt noire, l'affaiblissant sans jamais être en mesure de la faire reculer ou encore de l'éclaircir véritablement. Nous poursuivons notre sauvetage au cœur de la nuit peuplée. Il fait si noir que nous nous distinguons à peine ; il n'y a que la confiance, la folie et les battements de nos cœurs pour nous empêcher de lâcher nos machettes. Le vent fou murmure une comptine sordide qui évoque une forêt noire.

Nos bruits

La journée s'achève. Pour un laps de temps aussi réel qu'éphémère, on ne revient pas sur les heures passées, on n'imagine aucun plan pour le lendemain. Une fraction de seconde d'équilibre, un instant de naïveté, rare et délectable. Et ce moment prend fin. Alors je rêve de toi. Un rêve sans pleurs, plein de nos bruits usuels.

La pluie noire nous dévore. Mes yeux sont néanmoins rivés au ciel, à la recherche d'une trace de toi. Mais rien, que ton silence et mon aveuglement. J'ai coupé mes longs cheveux et j'ai pleuré. Ils te tenaient au chaud, disais-tu. Maintenant je bascule, car ton visage n'est plus contre le mien.

Tu as pris la route. Sans dire où tu allais. Pour nous perdre en chemin, pour être tout à fait neuf dans cet ailleurs où tu prévois t'arrêter. Pour combattre cette angoisse qui, moi, m'immobilise. Ce n'est ni une victoire ni une défaite, qu'un gâchis. Chacun se retrouve seul avec ses ruines, des cendres dans les veines. Il n'y a plus rien à échanger.

La mer est tranquille. Pas le moindre roulis, pas d'oiseaux marins. À l'intérieur de mon ventre, tout est calme, discret, presque imperceptible. Maintenant qu'on y mange, qu'on y respire, je ne peux m'empêcher de croire que cette séparation constituait la seule issue possible. Mais lorsque je serai à nouveau déserte, qui saura me convaincre qu'on peut y arriver seul ? Dans ma mémoire irritée, les dernières parcelles de ton odeur se consument.

Parce qu'à présent, il y a cette maison, la mer, le temps qui a passé et ce dessin que je termine. Ne reviens pas, ne reviens pas.

Rien de romantique

Il faut croire que
tu n'as pas trouvé
ton lieu ton pays
un amas de paille
je flambe

Nous sommes à l'été du début, celui des possibles. On se marie dans une grande paix, une plénitude certaine, mûrie. Tu dis *oui* avec conviction, je reçois ce *oui*, confiante. Ils sont tous là, mais surtout notre fils et notre fille, dont tu n'es pas le père. Et leurs sourires éclairent la journée pluvieuse qui nous unit. Ils croient au bonheur. Nous sommes une famille, enfin, pour toujours. Les bouquets dans leurs mains minuscules explosent de parfums, de couleurs. Nous embrassons les invités, nous mangeons, dansons. Tu exposes à ceux que nous connaissons et qui nous connaissent ton amour pour moi, tu nous exposes. Tu dis, on ne peut plus clairement, que tu seras encore là demain, la seule chose qui compte, ce que tu souhaites ultimement. Un magnifique tableau. Le grand amour, le vrai, le fort, le durable, le responsable, mais aussi l'amoureux, le drôle, le passionné, l'enivrant, s'est arrêté dans ma maison, mon pays.

⁂

Nous sommes à la veille de... Non, nous ne sommes pas à la veille de quoi que ce soit, car je ne connais encore rien qui pourrait bouleverser ma joie. Alors, après l'été du début, nous sommes... à la vie, non pas tranquille, mais régulière, l'équilibre enfin atteint. Je m'épanouis avec les enfants qui grandissent et se séparent de plus en plus de moi, les enfants qui t'aiment, les enfants réparés. Je récolte enfin les fruits du travail acharné que j'ai fourni pour mettre sur pied la compagnie qui porte mon nom. Nous faisons l'amour en amants. Tu ne rentres pas de plus en plus tard, tu es là, encore, et tu prépares les repas en rigolant. Rien à soupçonner, rien à craindre, tout est comme avant. Mais il n'y a pas encore d'*avant*. Nous sommes bien.

⁂

Et un jour, nous sommes au printemps de la débâcle. Elle et Toi. Vous vous êtes reconnus. Il faut que tu ailles voir ce qu'il y a là. La vie est faite d'expériences, non ? Vous n'y pouvez rien, il y a quelque chose de très puissant, qui surpasse votre volonté, quelque chose de surnaturel. Oui, dis-je, pour moi aussi : surnaturel. Je n'y suis pour rien, bien sûr. Et la sincérité ? Le mariage, l'abandon tout ce temps ? Ma vie se démontait ailleurs, en dehors de chez moi et je ne m'attendais à rien. C'était une guerre invisible, ou si éloignée que les bombes étaient silencieuses. On a mis la vérité sous mes yeux ce jour-là, toute crue, prête à partir, la vérité certaine, mûrie. J'ai vu un amour répandu sous un autre vent, je ne comprends pas, je répète, je ne comprends pas. Mais les morts se trouvent ici, dans cette maison, entre ces murs, dans ces yeux, les leurs, ceux qui ne veulent pas de deux maisons. Chaque vendredi, la déchirure les escorte et ma détresse s'abîme dedans. Ne s'est pas battu, a laissé l'ennemi gagner. Je ne peux plus dire *tu*.

*

Je n'arrive pas à crier, à perdre mon sang-froid et à haïr cet homme flottant, ce déraciné. Cependant, j'arrive à écrire que *notre* vie est en feu, à tracer un cercle blanc autour de moi. À écrire jejejejejejejejejejejeje. À mourir de ce je. Je n'arrive pas à regretter, je n'arrive pas à inventer l'avant qui adviendra tôt ou tard, l'avant que j'évoquerai bientôt avec nostalgie, une sale nostalgie romantique. Non, tout ce que je parviens à ressentir c'est… que je suis dévastée, dévastée, dévastée. Je ne veux rien. Je tremble.

Ces jours qu'on n'habite pas

Il y a des jours interminables comme des nuits sans rêve. Des nuits dont vous émergez endolori, inadéquat, inquiet d'avoir perdu quelque chose, une partie de vous, par exemple. La partie à la fois insouciante et rebelle, le vrai vous-même, intemporel et excessif. Il y a des jours interminables de répétition et de prévisibilité. Ces jours-là vous n'êtes pas tout à fait présent au monde, car vous ne pensez qu'au moment où, enfin, vous vous allongerez et tournerez la page sur cette succession de moments empreints d'un sentiment de petitesse qui rappelle, peut-être, la fin de la vie.

Allongé, épuisé, vous n'arrivez pas à vous rappeler à quoi vous avez employé cette longue journée. Vous revoyez surtout la lumière discontinue de votre écran d'ordinateur et les cafés refroidis accumulés sur le bureau. Vous regardez la femme endormie à vos côtés, un air paisible sur son visage, et vous regrettez, oui vous regrettez presque que la journée soit déjà terminée. Vous auriez aimé lui dire combien elle vous a manqué, combien il fait froid dans l'immeuble où vous travaillez et aussi lui raconter que le chat a été malade sur le tapis devant la porte. Votre poignet élance et vous pestez contre votre poste de travail pas du tout ergonomique. Et peut-être aussi contre les propos un peu banals de vos collègues, contre le sourire de votre patron, contre l'impression vague mais tenace de ne pas être à votre place.

Vos paupières sautillent, votre crâne est moite et vos mains tremblent, non pas parce que le livre pèse trop lourd, mais bien parce que vous avez épuisé les réserves d'hier. Celles d'aujourd'hui ne devraient pas encore être entamées. La pleine lune éclaire les arbres nus qui se dressent dans la cour. Le vent siffle à travers les fenêtres, le tic-tac de l'horloge vous irrite. Interminables, ces jours qu'on n'habite pas, et infinies, ces nuits qu'on n'attend plus. Alors vous vous concentrez sur le souffle de l'autre. Cela ne vous endort pas mais au moins cela vous apaise, vous apporte un peu de chaleur. Oui, il y a des jours trop longs, de ceux qui empiètent d'abord sur la nuit, puis sur le prochain jour en s'obstinant à ne pas mourir. Agacé, exaspéré, vous vous mettez finalement en colère et, jaloux, vous la réveillez. Pour être deux dans la nuit trop courte, pour être deux à porter le poids de l'angoisse. Sa main dans la vôtre et ses pieds froids entre vos cuisses, vous arrivez à vous calmer, à vider votre esprit. Enfin, vient la noirceur, salvatrice mais passagère, car les rayons blancs du soleil encore invisible se faufilent déjà entre vos cils.

La carrière

Cette nuit, la première neige est tombée. Sa blancheur nivelait le sol, les creux se remplissaient, les butes s'aplanissaient, il n'y avait pas d'ombres pour faire ressortir le relief. Pendant un instant, j'ai imaginé que devant la maison s'étendait un champ de maïs ou une plaine vaste et tranquille. Le silence et le calme d'avant les camions et les moteurs de toutes sortes étaient revenus. À mon deuxième café, la neige avait fondu. Les moteurs se sont remis à tourner. J'ai monté le volume de la radio.

De ma fenêtre, je ne vois ni ciel ni verdure, que des tonnes de roches : agrégats de tout acabit aux couleurs variant du gris foncé au gris pâle. Une carrière remplie de promesses, de richesses, de prospérité. La mine embauche des centaines de personnes, utilise autant de camions et génère des profits qui se chiffrent en millions de dollars. La plupart des gens d'ici sont d'avis que l'arrivée de cette entreprise est bénéfique pour l'économie de la région, durement éprouvée au cours de la dernière décennie. Il me semble plutôt que l'intense activité de la carrière dresse un voile de poussière et de bruit entre notre maison et le monde. J'en ai le goût âcre dans la bouche, une sécheresse permanente dans les voies respiratoires.

L'été dernier, j'ai planté deux arbres vis-à-vis la fenêtre de notre chambre. Mais l'hiver les a emportés ; trop chétifs, pas assez certains de vouloir connaître la suite. Les jours sont vides et longs, surtout lorsque rien ne m'intéresse dans les petites annonces du journal puisqu'« on n'a besoin de personne en ce moment ». Mais je n'irai pas travailler là-bas. Je serai concierge, réparateur de tondeuses, s'il le faut, mais je ne mettrai pas les pieds dans cette carrière. Il me faut du vert, de l'eau, du silence. Ma femme s'est trouvé un emploi ici, qu'elle adore. Moi je n'y arrive pas, j'ai l'impression d'être au fond de la carrière, celui qu'on charrie jour après jour.

Une photo au centre de la rubrique nécrologique. Le même air ahuri, les mêmes joues rondes, le crâne plus dégarni, mais toujours cette aura de vie autour de lui. Je me sers un autre café en dépoussiérant l'album du Collège Saint-Jacques, Promotion 1951, et retourne m'asseoir. Je n'arrive pas à quitter sa photo des yeux ni à penser à autre chose. Au milieu de cette page morbide, dans ce journal de merde qui n'annonce jamais rien de bon, j'ai un ami.

Regarder migrer les oies

Trente ans, pas de cheveux blancs, mais de drôles de rides sur le front. M'observer sévèrement dans le miroir de l'entrée en guettant ton arrivée, et fondre de bonheur dans tes bras. Fourrer mon nez dans les odeurs de feuilles mortes et de feux de cheminée oubliées sur ton manteau. Faire fi des nouveaux voisins en mordant dans le plaisir gourmand que nous nous donnons. Sentir que la vie ne se termine pas de l'autre côté de notre lit.

Sourire à ma mère pour la première fois depuis longtemps et répondre à ses questions avec un heureux haussement d'épaules. Me rappeler qu'il y a quelques semaines je ne te connaissais pas. Être convaincue que le temps est suspendu depuis notre rencontre. Ensemble, regarder migrer les oies en se disant qu'il y a encore de la magie, de l'instinct.

Retrouver le port confiant de la plume fontaine. Choisir de l'encre rouge en lisant ce nouvel automne. Risquer des phrases nues pour toucher à d'intimes vérités. Avancer dans l'écriture de ce livre comme dans ton cœur. Lui chercher un titre comme on tente de nommer un jeune amour. Caresser le chat qui frotte son pelage sur la chaise. Réchauffer le café pour la troisième fois.

Regarder mourir toujours un peu plus le garage abandonné d'en face. Surprendre un enfant lançant une pierre dans un carreau sale. Recevoir sur mon visage les rayons timides du soleil de l'hiver. Renouer avec ma meilleure amie sans espérances ni amertume. Repérer un de tes cheveux sur un oreiller et soupirer. Écouter Erik Satie et ne pas t'attendre.

Terminer mon roman et le relire pour la dixième fois. Fêter mon anniversaire devant un film de Louis de Funès. Rire. Rire. Rire. Te croiser par hasard dans la rue un jour d'avril, ressentir un malaise et dire « Ça va ». Aller revoir les oies avec ma petite sœur.

Elle et mon violoncelle

Les marches de l'escalier sont si glissantes. La première neige recouvre le bois d'une fine couche blanche, on dirait de la laine. À présent, la ville semble plus silencieuse, la neige assourdit les bruits de klaxons et de pneus qui crissent, les musiques tonitruantes luttent les unes contre les autres devant les vitrines des magasins pour attirer les clients. Le duvet dont la ville est couverte calme et camoufle : calme les solitudes et les inquiétudes, camoufle les imperfections, les trous dans l'asphalte, la peinture écalée des escaliers dangereux. L'homme est heureux de l'arrivée de cette neige ce soir, cela l'aide à habiter le silence qu'il y a entre eux. Ce n'est pas un silence désagréable pourtant, mais chaque fois que cela lui arrive, il se sent pris au dépourvu. Chaque fois qu'il monte l'escalier de son appartement avec une femme qu'il connaît à peine, il se sent aux abords d'un cratère menaçant. Ce soir, le fond du trou se remplit de neige, formant ainsi un tapis pour amortir les chutes.

Elle est jolie. Sur ses cils, des flocons de neige se déposent et elle rit en disant que son maquillage doit avoir coulé et que, s'ils ne rentrent pas bien vite, elle ressemblera à un raton laveur. L'homme sourit et trouve plutôt que la neige fait briller ses yeux marron. Ils entrent. Elle aperçoit, près de la fenêtre, le violoncelle veillant sur le salon. Elle demande si elle peut… Bien sûr. Elle s'assoit sur le tabouret, loge l'instrument entre ses jambes et s'empare avec assurance de l'archet. Elle n'a pas pris le temps d'enlever son manteau. La neige fondante dégoutte sur le tapis du salon. Dehors, il a cessé de neiger. Les lampadaires éclairent les doigts de la femme raton laveur. Il la regarde jouer et son corps se détend, il écoute la musique envahir la pièce. Le violoncelle répand une chaleur printanière et les notes surgissent en ribambelles sous l'archet, comme un long brin de laine qu'on enroule et déroule. Elle sourit, les yeux clos, le corps en musique. Et puis, rien d'autre, pas de drame, pas de crise. Il n'y a plus le silence entre eux, il y a la musique, la chaleur. Il se sent plein. La neige est inutile, il n'y aura pas de chute.

Une tempête

Je me suis éteinte un après-midi de juillet alors qu'il pleuvait des cordes sur la maison de mon père. Miguel et moi observions l'orage, postés sur le pas de la porte. On aurait dit que la rivière allait sortir de son lit. À l'intérieur, le bruit de la pluie sur la tôle était insupportable, il valait mieux être dehors, avec la tempête. Un mélange d'excitation et de crainte m'envahissait; rien de très profond, mais présent, comme une musique. Miguel affirmait qu'une tempête de sable produisait le même effet: une impression de fin, de limite, la sensation d'être en train de vivre une sorte de bout de tout. Il affirmait, en caressant doucement mes bras, que la vie prenait un sens nouveau à mes côtés. Pour la première fois depuis son arrivée au Québec, il ne se sentait pas étranger; son Mexique natal lui manquait un peu moins depuis qu'il m'avait rencontrée. Il n'avait plus ce mal du pays qu'il nommait *nostalgia*, il pensait maintenant à sa patrie comme à une partie de lui-même qui ne le quitterait jamais malgré la distance et le temps, tel un souvenir indélébile. J'aimais le calme de Miguel, j'avais besoin de tout ce plein qui contrastait si fortement avec ma vacuité. J'aimais aussi ses cheveux noirs, raides comme de la corde, brillants comme un lac, la nuit.

Une tasse de chocolat à la main, nous sommes demeurés là, au bord de l'orage, pendant dix minutes. Dix longues et intenses minutes passées à nous concentrer sur les gouttes d'eau qui brouillaient la rivière, à nous exercer à être, uniquement. Le niveau de l'eau ne cessait de monter et la barque de mon père menaçait de partir à la dérive. Miguel s'est offert pour défaire l'amarre, vider la barque et la remonter sur le terrain. Le ciel grondait encore à intervalles réguliers, mais les éclairs se faisaient plus rares. Je suis rentrée en l'attendant. De la fenêtre de la cuisine, je le regardais faire, habile et attentionné. J'ai remarqué que ses cheveux mouillés lui donnaient un air vraiment craquant, tout à fait latino, tout à fait à mon goût. Puis, sous mes yeux, d'un coup, le ciel s'est abattu sur Miguel. Blanc, sourd, inimaginable. Je n'arrivais plus à voir ni le lac ni Miguel ; mes yeux fixaient la barque éclatée, répandue sur le rivage, chacune des planches flottant à la dérive. Je courais vers le lac, folle, tombant à chaque nouveau coup de tonnerre.

Je suis devenue douleur pendant un temps que je me refuse à compter, un temps qui n'aurait jamais dû exister. Une tranche d'amour qu'il faudrait retirer de mon histoire pour que jamais je ne me souvienne. Il disait que mes yeux étaient ce qu'il avait vu de plus vrai, de plus vivant, qu'on y voyait la mer. Il plongeait son regard dans le mien et valsait sur ma houle, adroit.

Hurt

Sur la route 138, les sapins, les épinettes et quelques feuillus discrets montent la garde. Plus François s'enfonce dans la Basse-Côte-Nord, plus l'accotement rétrécit ; il a maintenant l'impression de se faire happer chaque fois qu'un camion le dépasse en trombe. Depuis plus de deux heures, il attend un *lift* tout en marchant. La route est faite de côtes ; ses jambes élancent, mais cela lui fait du bien, l'aide à se sentir vivant. Il pense aux arbres qui tissent leurs racines dessous l'asphalte et s'imagine, lui, au cœur d'un amas de fils brisés. Depuis le coucher du soleil, le vent est tombé. Tant mieux, François commençait à se sentir agacé par ce sifflement incessant qui lui donnait la sensation d'être pris dans un étau, assailli par un lancinant gémissement. Il pense de nouveau à Paul, son meilleur ami, qui aurait dû marcher ici avec lui, quelques pas derrière. Sa solitude lui pèse davantage depuis que Angie est retournée chez ses parents, le laissant poursuivre seul ce voyage. Il croyait que cette nouvelle solitude lui permettrait de faire le point, mais il ne fait que ressentir la peine de manière plus aiguë encore. Une fois la noirceur venue, les automobiles se font plus rares et les gens sont méfiants. François fredonne pour se faire un peu de compagnie. Puis, la route s'éclaire et, devant le pouce levé, une voiture s'arrête.

Ce sera le dernier *lift*, puisqu'ils arrêtent tous deux au bout de la route : Pointe-Parent. Le glissement feutré et régulier des pneus envahit le silence qui s'est installé entre les deux hommes. François cherche sans vraiment insister le regard du conducteur, difficile à distinguer à travers les reflets de ses verres. Il semble distrait, perdu dans des pensées lointaines. Cela n'inquiète pas François. On ne peut pas vraiment se perdre sur la 138. Toujours tout droit, suivre la côte, respirer la mer. Depuis que le forestier de ce midi l'a largué sur un bout d'asphalte anonyme entre Sept-Îles et Havre-Saint-Pierre, François trouve la journée interminable. Chaque section de la 138 semble s'ouvrir sur un trou profond, comme si la cime des arbres avait troqué son vert foncé pour une cape noire. Dans le ciel se découpent parfois les contours anciens d'un *inukshuk*, maigre réconfort pour François, qui se demande vraiment ce qu'il est venu chercher sur la Côte-Nord. La voix de Johnny Cash emplit l'espace de la Buick. Il n'a pas envie d'engager la conversation. Pourtant, il le faudrait bien ; il lui semble que cela fait partie du contrat tacite qui les lie maintenant, même si le conducteur ne semble pas vouloir forcer le dialogue. La voiture avale les kilomètres, il affiche une sorte de calme, ou peut-être de résignation, qui intrigue François. Celui-ci écoute le chanteur américain semer ses notes de tristesse, en appuyant là où d'autres comme lui connaissent une faille.

À mi-chemin, au petit village d'Aguanish, ils s'arrêtent pour mettre de l'essence et se dégourdir les jambes. François remarque alors la 303 sur la banquette arrière. Une multitude de questions, d'hypothèses et de scénarios surgissent. L'homme chasse régulièrement.

L'homme laisse traîner l'arme dans sa voiture comme c'est l'habitude de beaucoup de gens rencontrés ici, sur la Côte-Nord – Jamais trop prudents, qu'ils disent.

De nouveau dans la voiture, François note que les mains du conducteur tremblent sur le volant. L'homme n'a prononcé aucune parole depuis leur rencontre. Puis, François s'attarde à la photo de deux fillettes sur le dessus du tableau de bord. Elles sont mignonnes et sourient. « Décédées. Un accident. » François est embarrassé. Johnny Cash prend le relais, le temps qu'un semblant d'aise se réinstalle à bord. Perdre ses enfants ou ses parents, ou son ami... François aurait pu parler de Paul, l'ombre qui marche derrière lui, chaque jour de ce voyage incongru, dénaturé, puisqu'ils devaient le faire ensemble. L'idée venait de Paul. Partir pour la Côte-Nord, pour l'ailleurs, la mer. François se répète qu'il devrait discuter, mais il en est incapable. Aucun mot ne lui semble juste ou opportun. Peut-être est-ce à cause de l'étrangeté de cette nuit fraîche de septembre ou la présence de la 303 sur la banquette arrière...

La nuit est bien installée. Les étoiles commencent à briller. À partir d'ici, la route n'est plus éclairée. Jusqu'à Natashquan, il faut se méfier de ses sens, se concentrer. La Côte-Nord originelle et inhospitalière se manifeste, redevenant elle-même lorsque tombe la nuit. Brusquement, un animal surgit au beau milieu de la route. Le choc fait déraper la voiture, qui s'enfonce dans la tourbière.

Une plainte rauque et insistante franchit la carapace de la Buick. François, qui souffre, les jambes coincées sous le coffre à gants, se remet du choc et est aussitôt envahi par une sorte de crainte. Le chauffeur n'est plus à bord. À travers les vitres embuées, François l'aperçoit qui se dirige vers le milieu de la route et qui grimace lorsque l'eau de la tourbière traverse ses chaussures. À une dizaine de mètres de là gît une masse colossale. Il s'agit d'un bébé orignal probablement destiné à mourir au bout de son sang. L'homme revient l'air abattu. « On serait mieux de l'achever. » Leurs regards chargés se croisent. Le cœur de François s'emballe lorsque le conducteur s'empare du fusil, une 303 quand même... Je n'ai jamais tiré sur quoi que ce soit, pense-t-il. Il se demande s'il aurait préféré être à la place de l'homme : il regarde ses jambes brisées et, malgré cela, il n'en est pas certain. François s'attarde à l'animal blessé, à la silhouette du conducteur, puis à la photo des deux fillettes. Une détonation fend l'air. Et Johnny Cash lui revient : *Everyone I know goes away in the end*.

Entre nous les chiens

Sous les roues d'une voiture, un chien crevait. Oui, crevait, comme un ballon percé qui se dégonfle lentement et rapetisse. Toute la journée il a agonisé, occupant l'espace de façon grossière, tel un déchet qu'on tarde à ramasser. Ce chien était une chose sans importance qui gisait, gênant le passage des gens. Imprégnées de l'odeur d'urine dans laquelle elles se couchent sous le soleil de midi, ici, les bêtes s'accouplent et meurent. Et ce chien sous la voiture, on ne le regardait pas, on ne le tuait pas.

Nous buvions un thé dans un resto plein à craquer. À travers la fenêtre quasi opaque de graisse et de poussière, je pouvais apercevoir la scène. En réalité, je n'arrivais pas à m'en détacher les yeux. C'était plus fort que moi. Cet animal abandonné aux portes de la mort me fascinait. Notre propension à ignorer ce à quoi nous ne sommes pas naturellement ou biologiquement liés, ou qui ne nous affecte pas directement, me troublait. Ou peut-être cela était-il attribuable à un aspect déplorable de l'espèce à laquelle j'appartiens… Elle a dit :

— Tu comprends ?

— …

— Tu ne m'écoutes pas !

— Quoi ? Oui, oui, je t'écoute.

— Non, pas du tout. Tu t'en fous ; je te parle de ma détresse, de ce pays que je ne supporte plus et tu t'en fous.

Non, je ne l'écoutais pas, je ne l'entendais même pas. J'étais à des lieues d'elle et de ce restaurant, dans une bulle de verre, protégé et enfin autorisé à tout enregistrer, tout m'approprier, tout fixer sur cette pellicule qu'il y a dans ma tête. Pour comprendre plus tard, lorsque ce sera possible, quand mes sens ne seront plus à vif. Pour l'instant, au mieux tout se déformait, au pire cela disparaissait. Alors j'ai murmuré :

— C'est ce chien...

*

Je ne dors pas. Le reflet de la lune sur mes pieds. Un lit minuscule qui n'arrive pas à se faire invitant, offrant tout juste un repos, un changement en attendant l'aurore. Les murs de notre chambre enferment le froid à l'intérieur. Du ciment blanc, craquelé, bombé. Cette nuit, la plainte et la fureur des chiens s'immiscent à travers les vitres trop minces. Nos épaules se frôlent, nos regards se croisent. Dans la nuit, nous laissons parler les chiens.

Récit d'un naufrage

In memories we were rich. We had pierced the veneer of outside things.... We had seen God in His splendours, heard the text that Nature renders. We had reached the naked soul of man.

Sir Ernest Shackelton*

Jour 15. Un brouillard permanent s'est installé. Il n'y a presque aucune clarté. Le jour et la nuit se confondent au large des glaces. Étrangement, je ne me suis jamais senti aussi près de saisir le sens de la vie. Je veux dire comprendre les liens entre les membres de ce système, les nœuds qui attachent le ciel et la terre, le présent et l'hier, le vrai et l'imaginé. J'essaie de ne pas penser à mes orteils devenus noirs.

Jour 20. Depuis bientôt huit semaines, le navire se tétanise et finira inévitablement par s'écraser sous la pression des glaces. Pour moi, il n'a plus de nom, ce navire. Je ne veux plus avoir de lien avec lui, je ne veux plus que nos vies soient mêlées. Je ne veux plus. Parallèlement, je comprends qu'à présent, je ne décide de rien. J'ignore si je peux me faire à cette idée. Est-ce ainsi que je pourrai survivre à des temps inhumains de froid, d'humidité et de solitude ? Est-ce ainsi que je pourrai renoncer à qui je suis et à l'endroit où je vis ? Il est bien vrai que de pays je n'en ai jamais eu, mais un ego, ça oui. Un ego démesuré même, convaincu d'être de taille à se mesurer aux éléments. Il me faut abandonner toute appartenance.

Jour 22. Aujourd'hui, nous avons érigé un camp en remplacement de l'abri que nous fournissait le navire. Tout le monde est très affairé; cela semble procurer au moral de l'équipage un effet bénéfique. En ce qui me concerne, j'ai le sentiment de contribuer à un impossible sauvetage, l'échéance se précipitant à une vitesse folle. Quand le plan B se met en branle, c'est que l'idéal est tombé, c'est que la fin est déjà là. Je n'ose plus prononcer le mot *avenir*. Ce mot me roule dans la bouche. Il n'est pas un « relais sur le chemin du désespoir le plus profond », non. L'avenir est ce qui n'arrivera pas.

Jour 26. Nous avons baptisé notre nouveau refuge *Camp de la patience*.

Jour 33. Nous avons tué les derniers chiens.

Jour. Malgré le printemps imminent, le vent souffle si fort que nos voix se perdent dans l'air glacé. D'ailleurs, personne n'a envie de parler, nous économisons nos forces. La glace est de plus en plus friable et molle. Le Capitaine m'a demandé de l'accompagner sur une île où se trouve une station de recherche. En canot. Cinq pauvres fous en canot sur la mer la plus puissante de la planète ! Nous devons traverser sans y rester, puis revenir, alors qu'il n'y aurait qu'à se laisser glisser dans les mailles du ciel le plus étoilé qu'il m'ait été donné de voir. Rien n'a de sens.

Jour. Je dois admettre que je n'y crois pas du tout. Le Capitaine s'est trompé en me désignant. Je n'emporterai pas ce journal durant la traversée; pas le temps, pas de place, mais surtout la conviction profonde que moi, ou quiconque, ne relirai jamais les lignes qui auraient pu s'écrire là-bas. L'avenir viendra à ma rencontre sous la forme la plus hideuse qu'on puisse imaginer. Je le sens, dans mon ventre, dans mes doigts, que je n'arrive pas à réchauffer, je le ressens dans l'espoir que je n'ai jamais eu.

Jour. Le départ. J'ai peur.

Avant-dernier jour. Il semble que je sois vivant. Ici, de retour au *Camp de la patience* avec l'équipe de secours. Je n'y croyais pas. L'équipage nous a d'ailleurs accueillis dans l'incrédulité. Ce pôle a fait naître en moi l'impression perpétuelle d'être au bord du vide alors que la mer s'apprêtait à tout moment à s'ouvrir pour nous recracher dans l'atmosphère. Nous sommes méconnaissables. Je n'ai jamais ressenti autant de nudité. Je suis épuisé. Les mots sont... difficiles.

Dernier jour. Pour la postérité, un photographe retourne au navire, épave dénaturée. Aucun cliché ne pourrait témoigner des confins où nous avons, tour à tour, péri et vécu.

---

* Ernest Shackleton était le capitaine du navire britannique *Endurance,* qui s'est pris dans les glaces de l'Antarctique en 1914. Cette nouvelle est librement inspirée des faits rapportés par Shackleton et les membres de l'équipage.

*Bubbles and Holes**

Only a dark cocoon before
I get my gorgeous wings and fly away

Joni Mitchell

Yellowknife, 28 janvier. Ses mains moites tremblent sur le combiné. Elle capte un mot sur deux de ce qu'il lui raconte de l'autre bout du monde. Elle ne sait pas pourquoi elle l'appelle, il est évident qu'il ne peut rien pour elle maintenant. Elle n'en peut plus, ses nerfs sont si tendus, le sol se fendille sous son poids. Les enfants sont insupportables ce soir, se tiraillent pour des riens, crient à tue-tête, tirent chacun de son côté. Elle ne suffit pas pour ces deux-là. Elle sent qu'elle perd le contrôle, elle a peur de faire une gaffe, de tout détruire, elle l'appelle. Un cri de détresse. « *Do something, Paul. Please, get me back into reality, take my patience back. I need to leave ; I need a break. I know I'm getting dangerous, I could do something awkward. I'm loosing it, Paul ! I tell you, I'm fuckin' loosing it !* » Elle crie dans l'appareil. Les enfants la regardent, interloqués, puis recommencent à se bagarrer pour un jouet ou un film à regarder, elle ne sait pas. Elle raccroche. Assise sur le fauteuil du salon, comme gelée, ses membres ne réagissent plus, elle a du mal à respirer, son cerveau s'hyperactive. Alison se met à pleurer parce que Frank l'a bousculée : « *Mommy, tell him I'm not an idiot, he said I'm an idiot. Tell him, mommy !* »

Edmonton : 1 507 km. L'intérieur du pick-up commence à se réchauffer, elle se sent mieux, la pression sur sa poitrine diminue. Le volant entre ses mains l'empêche de trembler. Elle la connaît bien, la route Mackenzie. Plus jeunes, il leur arrivait de descendre à Edmonton, ils prenaient un café au *Mall* et revenaient aussitôt : 34 heures de route... La cure parfaite pour les soulager temporairement du mal de Yellowknife. Elle rit et pleure en se rappelant cette époque. « *Damn' Yellowknife ! Fuck !* » Elle n'ira pas à Edmonton, elle ne laissera pas les enfants seuls si longtemps, mais elle continue de conduire parce qu'elle est convaincue qu'elle en serait capable, elle est persuadée que quelque chose... enfin qu'elle a depuis longtemps fermé les yeux sur ses désirs : elle se trouve au coeur d'une vie qui n'est pas la sienne. Encore, s'il ne s'agissait que de Yellowknife... Elle chante à tue-tête et sa voix rebondit sur les vitres embuées du pick-up : « *Like bubbles in my head. Like holes in my hands.* » Certaines fuites sont inutiles. Elle aimerait que le temps s'arrête, qu'il fasse chaud, que les enfants soient là, et qu'ils chantent tous ensemble. Il est six heures, l'heure où la solitude pèse le plus lourd sur ses épaules, l'heure à laquelle le piège se referme. Il est six heures dans le Nord et le soleil ne se lève pas à l'horizon.

---

* Cette nouvelle a été publiée dans *XYZ. La revue de la nouvelle*, n° 94, été 2008, p. 43-44.

Deux ou trois livres

Il ne sait pas quoi faire de tous ses livres. Il a souvent déménagé et, chaque fois, il les a emballés dans des cartons bien identifiés et les a reclassés par ordre alphabétique dans la bibliothèque héritée de sa grand-mère. Il a toujours pensé que quelque chose en lui se détraquerait si les livres venaient à s'éloigner de lui. Il porte la littérature comme une marque indélébile, la cicatrice d'un manque perpétuel. Chaque fois, il les a mis dans des caisses mais pas aujourd'hui. Il trouve étrange de ressentir cela, mais il n'a pas du tout envie de transporter les caisses là où il ira habiter. Comme si, cette fois, elles étaient de trop. Mais la question demeure : que va-t-il en faire ? Plusieurs titres pourraient sans doute intéresser son fils : les livres d'Histoire, quelques essais littéraires, peut-être, pas plus d'une vingtaine au total. Son ex-femme en prendrait bien quelques-uns – d'ailleurs, certains doivent lui appartenir. Mauvaise idée. Il n'a pas envie de lui téléphoner. Des questions, trop de questions. Ou pire, des réponses : « Parent ! Es-tu devenu fou ? Je ne sais pas pourquoi tu pars, mais je sais pourquoi tu vas revenir ! » Un long frisson lui parcourt le corps.

Parent. Il n'a pas vraiment choisi, mais cela lui convient parce qu'il n'aurait pas pu choisir. Là ou ailleurs… On lui aurait proposé Paris, Madrid, Saint-Hyacinthe ou Verdun qu'il aurait été incapable de prendre une décision, de signer un contrat, de dire oui avec un minimum de conviction dans la voix. Tout comme il n'arrive pas à se décider pour ses foutus livres. Des livres qu'il n'a pas relus depuis au moins vingt ans pour la plupart, qu'il n'a pas toujours achetés, qu'il n'a surtout pas tous lus, des livres périmés, inutiles. Mais qu'il aime. Les vendre ? Sa collection compte bien quelques beaux livres et quelques éditions rares, mais l'ensemble n'est pas enviable. Et, il ignore pourquoi, quelque chose le rebute dans le fait d'échanger de la littérature contre de l'argent. Quel idiot ! Et les écrivains ? C'est bien de cette façon qu'ils gagnent leur vie, du moins ceux qui y parviennent. Malgré tout, il préfère ne pas les vendre. De toute façon, il n'a aucunement besoin d'argent ; avec la prime pour région éloignée dont il bénéficiera et le salaire plus que convenable qu'on lui offre, il pourra amplement subvenir à ses besoins et même verser une petite allocation à Maxime. Son fils se débrouille très bien depuis qu'il a quitté la maison. Études, travail. De ce qu'il en sait, Maxime gagne sa vie correctement et gère bien son budget. Mais il aimerait lui envoyer un peu d'argent dans une enveloppe chaque mois, une enveloppe bleue marquée du cachet de la poste de Parent et sur laquelle son adresse serait écrite dans le coin gauche, l'adresse de l'appartement que lui a trouvé l'agence locale de services. Et peut-être, si Maxime a le temps, lors d'un congé ou d'une longue fin de semaine…

Il a remarqué l'affichage pour ce poste un peu par hasard et a postulé sans trop réfléchir, sachant seulement que Montréal le rendait malade ou fou, comme *elle* aurait dit. Il se répétait que la vie déciderait pour lui. Cette pensée a pour effet de l'alléger. Et cette ville avait voulu de lui ; et il préfère ne pas en connaître les raisons. Il est convaincu qu'un jeune tout frais sorti de l'université, un vrai TS avec une ouverture d'esprit aussi grande que son diplôme et le goût du travail serait meilleur que lui, un vieux, un fini. Il considère qu'il n'a pas plus d'ambition qu'un centenaire dégénéré et pas plus d'empathie qu'une hyène affamée. Il prend un livre au hasard. À l'endos de la couverture, quelques mots de celui qui lui avait offert le recueil pour son anniversaire lors d'une partie de pêche mémorablement foireuse. *2 septembre 2002. Parce que le poisson n'est pas toujours celui que l'on croit et que la vie n'est pas toujours celle que l'on a. Avec toute mon amitié. Michel.* Il était revenu de sa fin de semaine sans poisson et rempli d'une joie profonde. Il sourit à ce souvenir en parcourant les premières pages de *Jusqu'à plus oultre* : la forêt ensemencée, l'eau fougueuse des rivières du pays de Pierre Perreault (est-ce aussi le sien ?) et ne s'arrête qu'au dernier vers, hypnotisé par la parole fleuve. Bien entendu, aujourd'hui plus que tout autre jour, il ne peut se défaire de celui-là. Il serait bien embarqué à bord d'un canot d'écorce, laissant traîner sa ligne dans l'eau entaillée et, pourquoi pas, jetant les livres un à un dans le même sillon, pas de traces, pas de regrets ; un problème résolu. Il lui semble moins ingrat de penser à jeter les livres dans une rivière que d'envisager de les balancer par la fenêtre ou directement dans le camion des éboueurs qui s'apprêtent à nettoyer la rue, quoique… Mais il sait bien qu'il n'y a rien de très romanesque dans ce qu'il s'en va accomplir à Parent. Il constate qu'il sait très peu à quoi s'attendre. On lui a parlé de violence conjugale, de pauvreté, de rareté d'emploi, de suicide, rien de bien différent, donc, des situations avec lesquelles il est habitué de composer ici. Pourtant, il y aura sans doute quelques particularités, et de cela il a un peu peur, en fait, mais c'est aussi pour cette raison qu'il a accepté l'emploi. Ça ou… ou il abandonnait. Ça ou rien.

Le téléphone sonne. Réveillant péniblement tous ses membres engourdis, il se lève, cherchant à prendre de vitesse la sonnerie qui se tait habituellement au moment même où vous avez l'appareil en main. Cette fois, il gagne la course et répond de la voix rauque qu'on n'a pas sollicitée depuis plusieurs heures.

— Salut Maxime ! Non, rien d'important. Et toi ? Les examens, ça va ?

— …

— Demain. Oui, c'est ça, le grand départ. Je pensais prendre la route vers 7 h, comme c'est pas la porte à côté.

— …

— As-tu quelque chose de prévu ce soir ? On pourrait aller chez le Viet du coin…

— …

— Je comprends. Mais t'es sûr ? Parce que ça me ferait plaisir de t'inviter.

— …

— Évidemment, on se reprendra. Pas de problème, t'en fais pas.

— …

— Oui, oui : maxime_84@hotmail.com, c'est bien ça ?

— …

— Merci, bonne soirée à toi aussi.

En replaçant le livre de Perreault sur le rayon, il comprend qu'il part pour vivre. Pas dans les livres, pas dans un appartement qui donne envie de rester à l'intérieur en pensant qu'il fait trop froid dehors et que le coucher du soleil sera là le lendemain aussi. Pas dans une ville qui vit au rythme effréné de la construction des condominiums-champignons qui poussent ici et là, près de chez tout le monde. Nulle part, mais dans une ville à laquelle sa présence n'est pas essentielle, un pays qui le rejettera possiblement, un pays dans lequel il sera une petite bête étrangère, urbaine et stérile. Il comprend qu'il part pour vivre dans un pays dont il ne sait rien et, honnêtement, cela lui plaît.

L'appartement est vide, et cette peur qu'il ressentait depuis que la décision a été prise s'effrite tranquillement, tout comme disparaît le poids des livres. Il fait le tour de chaque pièce en s'attardant à la fenêtre de la cuisine pour observer le coucher de soleil qui baigne Montréal d'une intense lumière rose. Il ne reste que ses valises dans l'entrée et… la bibliothèque remplie de livres. Il ouvre la porte, revient chercher deux ou trois livres, au cas où, puis il part.

La tristesse qui nous sépare

Depuis une semaine, je surveille ma grand-mère. J'ai pris le relais; ma mère est à bout, cernée, épuisée, émotive. Je lui dois bien ça. Ma grand-mère ne bouge plus, ne voit plus, n'entends plus, ne parle plus. Il n'y a que ses yeux qui roulent sous ses paupières ridées. Jour 1, je me repose. Jour 5, je n'arrive plus à la regarder, comme ça, sans arrêt; c'est angoissant de regarder quelqu'un qui ne vit ni ne meurt. On en vient à ne plus savoir ce qu'on souhaite, ce qu'on ressent, ne plus savoir si on est seul ou si on est deux dans la pièce. J'ai dû me rendre à l'évidence: la vérité est que je ne ressens rien à l'idée de sa mort imminente. Une culpabilité m'habite sans doute, mais de la tristesse ? La crainte de la voir s'absenter de ma vie ? Non. Au fond, j'aurais voulu que nous soyons importantes l'une pour l'autre. Je ne sais rien d'elle. Elle ne parlait jamais de son passé. Ma mère non plus. Deux tombes. J'ai repensé à la photo sur la cheminée, celle où ma grand-mère sourit, la seule que je connaisse. Mon grand-père a déjà été sur la photo, mais ma mère l'a arraché quand elle avait neuf ans. Alors il ne reste que le sourire de ma grand-mère et rien de mon grand-père. Je l'ai apportée près de moi, sur le bureau sous la fenêtre de sa chambre. Je me suis installée là où je peux laisser errer mon regard sur les champs de neige et garder ma grand-mère dans mon dos. Alors que la mine de mon crayon HB chancelle, je noircis les pages de ce cahier et je comprends qu'une histoire doit se raconter. La neige, la photo, ma grand-mère, la photo, la neige. Tout est blanc.

I. Histoire de ma grand-mère et de mon grand-père

L'été était doux. Ils s'étaient donné rendez-vous au parc. La jeune femme portait des gants de résille blancs. Il parlait peu et la mettait mal à l'aise, mais elle ne détestait pas cela. Elle avait toujours voulu quelque chose de différent. Ce que le monde attendait d'elle n'aurait pas lieu. Un fossé se creusait entre ses amies et elle, entre sa mère et elle. Elle profitait des moments de plénitude et de confiance car elle ne pouvait compter sur rien d'autre. Elle s'abandonnait à lui totalement. Elle a sûrement douté un peu ; la vie ne passe qu'une fois et elle devait comprendre que cette voie, celle que mon grand-père lui proposait, serait hasardeuse. À cause de la guerre, de la marine, il ne voulait pas se marier. Il n'y avait pas à discuter. Il avait peur que tout s'arrête, peur des balles perdues. Il parlait de pression et d'emprisonnement et de la nécessité du vent sur son visage, de la furie du vent. La jeune femme ne comprenait pas mais patientait amoureusement, en se disant qu'un jour, à force d'aimer… Ce soir-là, dans son bureau, ils firent l'amour. Sous ses mains, elle se sentit vivre.

Sans le savoir, ils conçurent ma mère ce jour-là. J'imagine ma grand-mère pleurant en silence dans ses bras – pleurant la fin ou le début de quelque chose dans la joie, l'incrédulité ou l'inquiétude. J'observe aujourd'hui le corps de ma grand-mère, entre deux flocons, et je remarque que ses seins ont disparu sous les couvertures. Je détaille aussi son visage attentivement, pour la première fois, il me faut l'avouer. Jamais pu avant, une crainte immense de voir les barreaux de la cage qu'elle trimballe, une peur intense de découvrir le parasite soutirant les étoiles de ses yeux. Je dis cela même si je n'en sais rien, car on espère toujours que les gens aient déjà eu ces étoiles, on se dit qu'il est impossible de n'avoir jamais été heureux. On ne veut pas l'envisager.

II. Il part sans laisser de traces

Ma grand-mère était amoureuse de mon grand-père. Mais lui ? Je l'ignore. Elle ne voulait peut-être pas savoir, car cela gardait intact ce qu'elle avait ressenti avec lui. Elle s'accrochait à ce qu'elle avait vécu ce soir-là, quand elle avait respiré, pour la première fois lui semblait-il. Ne pas savoir ce qu'il ressentait pouvait signifier que, oui, elle avait été aimée. Ma grand-mère a sacrifié une sorte de bonheur en ne cherchant pas à savoir. Elle a sacrifié le bonheur qu'elle aurait pu trouver ailleurs, avec un autre homme, à travers une autre vie, une famille complète. Elle ne se posait pas ces questions, elle n'avait qu'un seul désir, être quelqu'un pour *lui*. Est-il possible qu'elle n'ait pas vu la destruction sous cet amour incompréhensible, qu'elle n'ait pas pressenti le froid et la solitude qui l'attendaient ? Toujours est-il qu'il est parti. Ce geste énigmatique était à l'image de leur relation. Peu de mots, un milliard d'impacts. *La jeune femme dit : « Je ne pourrais pas expliquer pourquoi ce jour-là et pas un autre. Il n'avait laissé qu'un paquet, la réplique miniature d'un voilier enveloppée dans un magnifique foulard de soie. Sur la coque était gravé le nom* Amerigo Vespucci. *» Elle attendit une* *semaine, deux semaines, un mois. Il ne revint pas, il n'écrivit pas. Elle s'accrocha à ce qui pouvait faire office de piste. Alors c'est par là qu'elle commença : la mer.* Ce bateau n'était probablement qu'un bibelot, voire une chose qui avait peut-être eu de la valeur pour lui, à la limite une façon de lui dire qu'il partait. Pourquoi a-t-elle vu en ce bateau le premier indice d'une cruelle chasse aux trésors ? Ma grand-mère a pris l'*Amerigo Vespucci* pour une invitation, à tout le moins une excuse pour partir à la recherche de l'homme qu'elle aimait. Quelque chose m'échappe.

III. Elle le cherche. Première partie

À ce moment-là, ma grand-mère avait vingt-deux ans et elle savait qu'elle était enceinte, mais cela lui semblait secondaire. *Elle revêtit le foulard de soie, fit ses valises (ou plutôt une petite valise, tout juste assez grande pour la réplique du bateau) et acheta un billet de train pour Halifax. Sa mère pleurait sans cesse. Son père ne disait mot et gardait les mâchoires serrées, il attendait qu'elle change d'idée. Pourquoi Halifax ? Elle répondit qu'elle connaissait quelqu'un là-bas, car la vérité était impossible à avouer. Dévoiler le voilier et annoncer qu'elle allait faire le tour de tous les ports de la terre pour peut-être trouver ce bateau et peut-être croiser son amoureux sur le quai d'un de ces ports était du domaine de la folie. Elle partit tout de même, car follement, désespérément, elle entreprenait la seule chose à laquelle elle pouvait consentir : se rendre disponible. Elle prit le train et se retrouva dans un hôtel minable parce qu'elle n'avait pas beaucoup d'argent et qu'elle ne savait pas combien de temps elle allait être éloignée. Pour l'instant, elle n'avait aucune envie de revenir, rien n'avait de sens excepté cet homme de qui elle attendait un enfant.* Elle ne voulait pas être une balle perdue. Elle voulait qu'il sache qu'il n'était plus seul. *Dans sa chambre, elle sortit le paquet de sa valise, ôta le foulard de soie qui protégeait le bateau et l'observa plus attentivement. Elle remarqua d'autres mots gravés sous la coque du bateau.* Saldi nella furia dei venti e degli eventi. 1946. *Mais elle ne comprenait pas l'italien et se contenta de scruter les plus infimes détails de la réplique. Dès l'aube, elle se rendit au port. Elle le chercha frénétiquement, accostant tous les passants. Elle montra à tous ceux qu'elle rencontrait la seule photo qu'elle ait, une photo sur laquelle ils sourient tous les deux, ensemble. Des centaines de personnes descendaient des bateaux, la bousculaient, parlaient fort, quelques-uns avaient l'air égaré eux aussi.* Welcome to Canada. *Beaucoup d'Italiens, des Ukrainiens aussi et des Juifs. Bien vite, un sentiment de déception la submergea, elle n'apercevait aucun voilier. S'il y en avait eu, elle n'aurait pas su comment réagir, elle ne possédait pas de liste des étapes à suivre, mais au moins, elle aurait eu une impression de vague cohérence. Alors, elle voulut voir un autre port, croiser d'autres marins, elle demanda d'où venaient ces bateaux. On lui parla de l'Italie. Oui, l'Italie d'Amerigo Vespucci. Elle acheta un billet pour la traversée jusqu'à Gênes.*

IV. Elle le cherche. Deuxième partie

Sur le bateau, personne ne semblait s'apercevoir qu'elle était triste, sauf un vieil homme qui baragouinait l'anglais et qui retournait en Italie après une tentative avortée de s'installer au Canada. Le soleil lui manquait, les odeurs, la Méditerranée, ses amis, même s'il ne lui en restait presque plus. Il prenait ce bateau pour la deuxième et dernière fois. Il n'aimait pas la mer, surtout quand elle était grosse. Mais, il ne voulait pas mourir loin de chez lui. Le soir, ils discutaient sur le pont. Elle lui demanda de traduire la de-

vise du voilier miniature. Solides dans la furie des vents et des événements. *Des larmes tombèrent dans l'océan. Qui est solide ? Quels événements ?* À ce moment exact, si les cartes n'étaient pas complètement brouillées, elles le sont devenues. Ces mots s'adressaient-ils réellement à elle ou mon grand-père n'avait-t-il même pas remarqué qu'ils étaient gravés là, sur cet objet mystérieux qu'il a laissé, un objet auquel elle cherchait désespérément à donner un rôle. Ma grand-mère ne se sentait pas solide évidemment. Et la furie, elle ne la comprenait pas, car elle était au cœur de la spirale, dans l'œil du cyclone amoureux.

*Le matin de l'arrivée, la jeune femme remarqua que son ventre s'était arrondi, il était de moins en moins secondaire... Elle débarqua du bateau ; étrange sensation que de se trouver de l'autre côté de l'Atlantique. Scrutation attentive de chaque visage, de chaque corps qui se déplace dans le port, sur les quais. La photo était de plus en plus abîmée, elle la mit donc dans un sac et décida de ne la montrer qu'exceptionnellement. Pas d'*Amerigo Vespucci*, pas d'amoureux. Cependant, elle avait déniché un emploi. Elle gagnait un salaire de crève-faim, mais elle était nourrie et logée, et c'est tout ce qui comptait pour lors. Elle réfléchissait peu, écoutait les conseils de gens qu'elle connaissait à peine.* Elle avait renoncé à donner un sens à ce périple. J'écris périple même si je considère que ce mot ne veut rien dire parce qu'en fait, c'est précisément cela : rien. Pas un voyage, pas une quête, pas un itinéraire ni un projet, juste une chose dans ou par laquelle on se déplace. J'imagine qu'elle faisait cela parce qu'elle n'avait nulle part où aller, qu'elle se déplaçait sur le globe en attendant que mon grand-père vienne la chercher, ce qui n'est pas arrivé.

*Elle apprit que l'*Amerigo Vespucci *était le navire école de la marine militaire italienne et qu'il avait été légué à l'URSS à la fin de la guerre.* Elle a pu se dire qu'il s'agissait d'un autre indice, mais je pense plutôt qu'elle devait de moins en moins croire à tout cela, à l'errance, à mon grand-père... Elle a malgré tout acheté un billet d'avion pour la Russie. *Là-bas, la jeune femme montra la photo et le foulard de soie et le navire à une vieille femme qui lisait les lignes de la main, mais comme elle parlait anglais avec un accent russe incroyable, elle ne saisit pas tout. La voyante pleura. Et pour la première fois, la jeune femme caressa son ventre.*

V. Ma mère

Le bébé naquit entre la Russie et la Norvège, un jour de tempête, dans un froid scandinave à vous faire perdre des doigts, après avoir passé la totalité de sa vie utérine dans des trains, des avions, des bateaux et des hôtels. Peut-être y a-t-il un lien à faire avec le fait que je n'ai jamais voyagé avec ma mère. Je vais à la pêche avec mon père tous les étés. Nous sommes même allés à Paris tous les deux. Quand nous partons, ma mère s'occupe du jardin, elle aime avoir les mains dans la terre et le soleil qui lui brûle le dos. (Mais on s'en fout du jardin ! Viens avec nous, maman !) *Le 21 février 1947, la jeune femme comprit que sa fille était là pour rester. Elle n'arrivait pas à sourire. Elle lui donna son nom à lui, même après toutes ces recherches et après ce qui ressemble à un abandon de première classe.* Mon grand-père est parti en déchirant le cœur de ma grand-mère. Je sais qu'à la limite, rien de tout cela ne me regarde, mais je ne peux m'empêcher de me sentir concernée, parce que j'aurais voulu une vraie grand-mère, pas une grand-mère amère, mais une qui donne des bonbons, chante des chansons, une qui a mangé trop de gâteaux et dont les seins ballottent, fatigués, quand elle ouvre les bras. J'ai toujours eu l'impression que ma grand-mère avait peur de moi, le sentiment que la responsabilité d'une relation qui aurait dû aller de soi me revenait. Pourquoi ma grand-mère n'a jamais souri, ne *m'a* jamais souri ? Ma mère, elle, pleure, mais sourit aussi. D'ailleurs, pourquoi n'a-t-elle jamais cherché à connaître son histoire et n'a jamais voulu en parler non plus ? Elle ne m'a jamais raconté son enfance. Quelque chose m'empêche de poser des questions : Comment se sent-on quand on n'a pas de père ? Pourquoi grand-mère n'a-t-elle jamais refait sa vie ? Est-ce qu'elle m'aime ? J'en veux à ma mère de n'avoir pas pu, je lui en veux de ne m'avoir laissé que des questions et une imagination fertile.

J'ai sorti de mon porte-monnaie la photo de ma mère et moi que je traîne depuis des années et je l'ai placée près de celle de ma grand-mère, toute craquelée. J'ai pensé à l'intensité de l'accolade de ma mère quand elle est venue me reconduire au début de la semaine. Je suis étonnée de m'ennuyer d'elle. Et si ma grand-mère mourrait pendant que j'écris ? J'ai retourné le bureau face à ma grand-mère. La neige s'est calmée. Pour l'instant, elle respire. Poitrine, photo, cahier, poitrine, cahier. Je continue.

VI. Elle le cherche. Troisième partie

La jeune femme avait beaucoup aimé la Norvège. Elle décida d'y rester. Pendant cinq ans, elle travailla pour une dame qui faisait de la couture et elle ramassa son argent. Elle ne pouvait pas revenir et dire : « Voici ma fille. » Elle se souvenait des mâchoires serrées de son père. Elle pensait aux gens qu'elle croiserait partout et entendait les questions, toujours les mêmes. Des réponses, elle n'en n'avait pas, mais du chagrin... *Puis, un jour, elle voulut mettre son foulard de soie et dut se rendre à l'évidence ; il était devenu terne et élimé. Le navire, lui, avait un mat cassé. Elle s'assit, comme étonnée. Elle plia et rangea le foulard dans sa valise et acheta deux billets d'avion pour le Canada. La mère et la fille ne parlèrent pas de tout le trajet. La jeune femme scrutait les moindres racoins de l'aéroport : les files d'attente, les bancs, les magasins, les toilettes, chaque rangée de sièges, les hommes, surtout les hommes. Ses yeux bougeaient très vite d'un côté à l'autre de leurs orbites, comme attisés, inquiets.* Elle ne pouvait pas concevoir qu'elle allait quitter ce pays et donc abandonner ses chances d'être de nouveau avec lui, d'être amoureuse d'un homme de chair, même si, au fond d'elle-même, elle devait être consciente de l'absurdité de la situation. De toute évidence, elle n'était pas prête à le reconnaître.

VII. Elle meurt. Et elle le cherche

Les yeux qui roulent sous les paupières ridées sont aussi des yeux qui observent et qui cherchent. Je me demande ce qu'elle voit. Je souhaite qu'elle ne soit plus inquiète. La neige s'est remise à tourbillonner et le vent siffle à travers la fenêtre. J'ai regardé la photo de mon grand-père absent ou disparu ou parti ou arraché, tout cela revient au même maintenant, et je me suis levée pour aller la déposer sous la robe de nuit de ma grand-mère, contre son sein. Pour qu'elle ne le cherche plus.

VIII. Moi

En 1978, l'*Amerigo Vespucci* a changé sa devise : *Non chi comincia ma quel che persevera*, c'est-à-dire *Pas celui qui commence mais celui qui persévère*. Je suis née en 1978. Il me semble que la coïncidence est trop forte pour ne rien signifier, alors je cherche un lien. Mais rien ne me vient pour l'instant. Persévérer ? Voguer sur les flots sans cesse, sans chercher à gagner la course ? Je suis bonne pour les biscuits chinois... Je vais donc m'en tenir là. En reposant le petit voilier sur la tablette au-dessus du lit, j'ai noté que ma grand-mère avait posé sa main sur sa poitrine. Ça m'a fait plaisir. J'aurais bien voulu qu'elle me parle, surtout les nuits où elle me gardait quand maman n'avait pas d'autre choix. Car la nuit, ses cheveux blancs semblaient électrifiés, ses yeux illuminés. J'étais effrayée. J'aurais désiré avoir autre chose que mon imagination pour recoller les morceaux.

Je me demande si elle aurait aimé mon (son) histoire. Je sais que ma grand-mère meurt un peu depuis toujours à cause de cet homme et si elle n'a jamais réussi à me serrer dans ses bras (ni l'inverse, d'ailleurs), c'est en partie à cause de lui. Quand ma mère pleure, parfois je me dis que c'est sa faute. La tristesse froide qui nous sépare les unes des autres porte son nom mais, aussi étrange que cela puisse paraître, il me manque.

Table

Nouvelles/Récits
aux Éditions Triptyque

Allaire, Camille. *Celle qui manque* (nouvelles), 2010.
Bacot, Jean-François. *Ciné die* (récits), 1993.
Beausoleil, Jean-Marc. *Le souffle du dragon* (nouvelles), 2009.
Beccarelli Saad, Tiziana. *Les passantes* (récits), 1986.
Beccarelli Saad, Tiziana. *Les mensonges blancs* (récits), 1992.
Bereshko, Ludmilla. *Le colis* (récits), 1996.
Bessens, Véronique. *Contes du temps qui passe* (nouvelles), 2007.
Boissé, Hélène. *Tirer la langue à sa mère* (récits), 2000.
Boisvert, Normand. *Nouvelles vagues pour une époque floue* (récits), 1997.
Campeau, Francine. *Les éternelles fictives ou Des femmes de la Bible* (nouvelles), 1990.
Champagne, Louise. *Chroniques du métro* (nouvelles), 1992.
Chatillon, Pierre. *L'enfance est une île* (nouvelles), 1997.
Collectif. *La maison d'éclats* (récits), 1989.
Côté, Johanne Alice. *Mégot mégot petite mitaine* (nouvelles), 2008.
Daigle, Jean. *Un livre d'histoires* (récits), 1996.
Daigneault, Nicolas. *Les inutilités comparatives* (nouvelles), 2002.
Dandurand, Anne. *Voilà, c'est moi: c'est rien, j'angoisse* (récits), 1987.
Des Rosiers, Joël. *Un autre soleil* (nouvelle), 2007.
Dugué, Claudine. *Poisons en fleurs* (nouvelles), 2009.
Duhaime, André. *Clairs de nuit* (récits), 1988.
Dussault, Danielle. *Le vent du monde* (récits), 1987.
Fortin, Julien. *Chien levé en beau fusil* (nouvelles), 2002.
Fournier, Danielle et Coiteux, Louise. *De ce nom de l'amour* (récits), 1985.
Gervais, Bertrand. *Ce n'est écrit nulle part* (récits), 2001.
Gobeil, Pierre. *La cloche de verre* (récits), 2005.
Julien, Jacques. *Le divan* (récits), 1990.
Kimm, D. *Ô Solitude !* (récits), 1987.
LaRochelle, Luc. *Amours et autres détours* (récits), 2002.
LaRochelle, Luc. *Hors du bleu* (nouvelles), 2009.
Lavallée, Dominique. *Étonnez-moi, mais pas trop !* (nouvelles), 2004.
Lavallée, François. *Le tout est de ne pas le dire* (nouvelles), 2001.
Lévy, Bernard. *Un sourire incertain* (récits), 1996.
Maes, Isabelle. *Lettres d'une Ophélie* (récits), 1994.
Manseau, Pierre. *Le chant des pigeons* (nouvelles), 1996.
Manseau, Pierre. *Les bruits de la terre* (récits), 2000.
Manseau, Martin. *J'aurais voulu être beau* (récits), 2001.

Martin, Daniel. *La solitude est un plat qui se mange seul* (nouvelles), 1999.
Michaud, Nando. *Virages dangereux et autres mauvais tournants* (nouvelles), 2003.
Moutier, Maxime-Olivier. *Potence machine* (récits), 1996.
Moutier, Maxime-Olivier. *Risible et noir* (récits), 1998 (1997).
Neveu, Denise. *De fleurs et de chocolats* (récits), 1993.
Nicol, Patrick. *Petits problèmes et aventures moyennes* (récits), 1993.
Nicol, Patrick. *Les années confuses* (récits), 1996.
Noël, Denise. *La bonne adresse* suivi de *Le manuscrit du temps fou* (récits), 1995.
O'Neil, Huguette. *Fascinante Nelly* (récits), 1996.
Painchaud, Jeanne. *Le tour du sein* (récits), 1992.
Paquette, André. *La lune ne parle pas* (récits), 1996.
Paquette, André. *Les taches du soleil* (récits), 1997.
Paré, Marc-André. *Chassés-croisés sur vert plancton* (récits), 1989.
Paré, Marc-André. *Éclipses* (récits), 1990.
Pépin, Pierre-Yves. *La terre émue* (récits), 1986.
Pépin, Pierre-Yves. *Le diable au marais* (contes), 1987.
Perreault, Guy. *Ne me quittez pas !* (récits), 1998.
Perreault, Guy. *Les grands brûlés* (récits), 1999.
Poitras, Marie Hélène. *La mort de Mignonne et autres histoires* (nouvelles), 2008 (2005).
Raymond, Richard. *Morsures* (nouvelles), 1994.
Renaud, France. *Contes de sable et de pierres* (récits), 2003.
Renaud, Thérèse. *Subterfuges et sortilèges* (récits), 1988.
Shields, Carol. *Miracles en série* (nouvelles), 2004.
Vaillancourt, Claude. *L'eunuque à la voix d'or* (nouvelles), 1997.
Vaillancourt, Marc. *Le petit chosier* (récits), 1995.
Vaillancourt, Marc. *La cour des contes* (récits), 2006.
Vaillancourt, Yves. *Winter et autres récits* (récits), 2000.
Vaïs, Marc. *Pour tourner la page* (nouvelles), 2005.
Vallée, Manon. *Celle qui lisait* (nouvelles), 1998.
Varèze, Dorothée. *Chemins sans carrosses* (récits), 2000.
Villeneuve, Marie-Paule. *Derniers quarts de travail* (nouvelles), 2004.

GARANT DES FORÊTS INTACTES

Tous les livres des Éditions Triptyque sont désormais imprimés sur du papier 100 % recyclé postconsommation (exempt de fibres issues des forêts anciennes) et traité sans chlore.

L'impression de *Celle qui manque* a permis de sauvegarder l'équivalent de 4 arbres de 15 à 20 centimètres de diamètre et de 20 mètres de haut. Ces bienfaits écologiques sont fondés sur les recherches effectuées par l'Environmental Defense Fund et d'autres membres du Paper Task Force.

MARQUIS
Marquis imprimeur inc.
Québec, Canada
2010